書下ろし

# 闇奉行 出世亡《もう》者《じゃ》

喜安幸夫

祥伝社文庫

目次

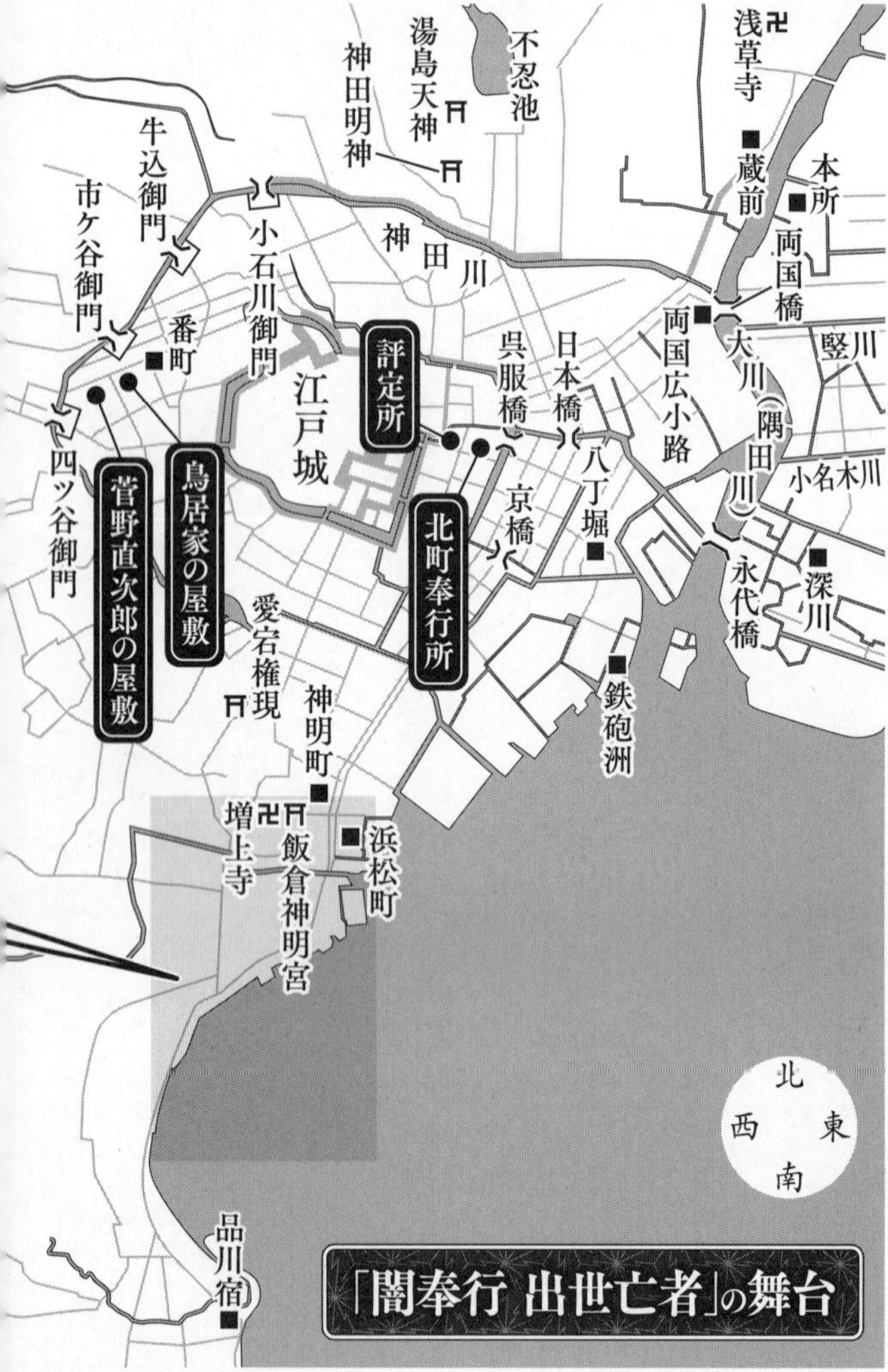

「闇奉行 出世亡者」の舞台
浅草寺
不忍池
湯島天神
神田明神
蔵前
本所
両国橋
牛込御門
市ケ谷御門
小石川御門
神田川
番町
評定所
江戸城
呉服橋
日本橋
両国広小路
両国
大川（隅田川）
竪川
小名木川
四ツ谷御門
菅野直次郎の屋敷
鳥居家の屋敷
北町奉行所
京橋
八丁堀
永代橋
深川
愛宕権現
神明町
鉄砲洲
増上寺
飯倉神明宮
浜松町
品川宿
北
東
西
南

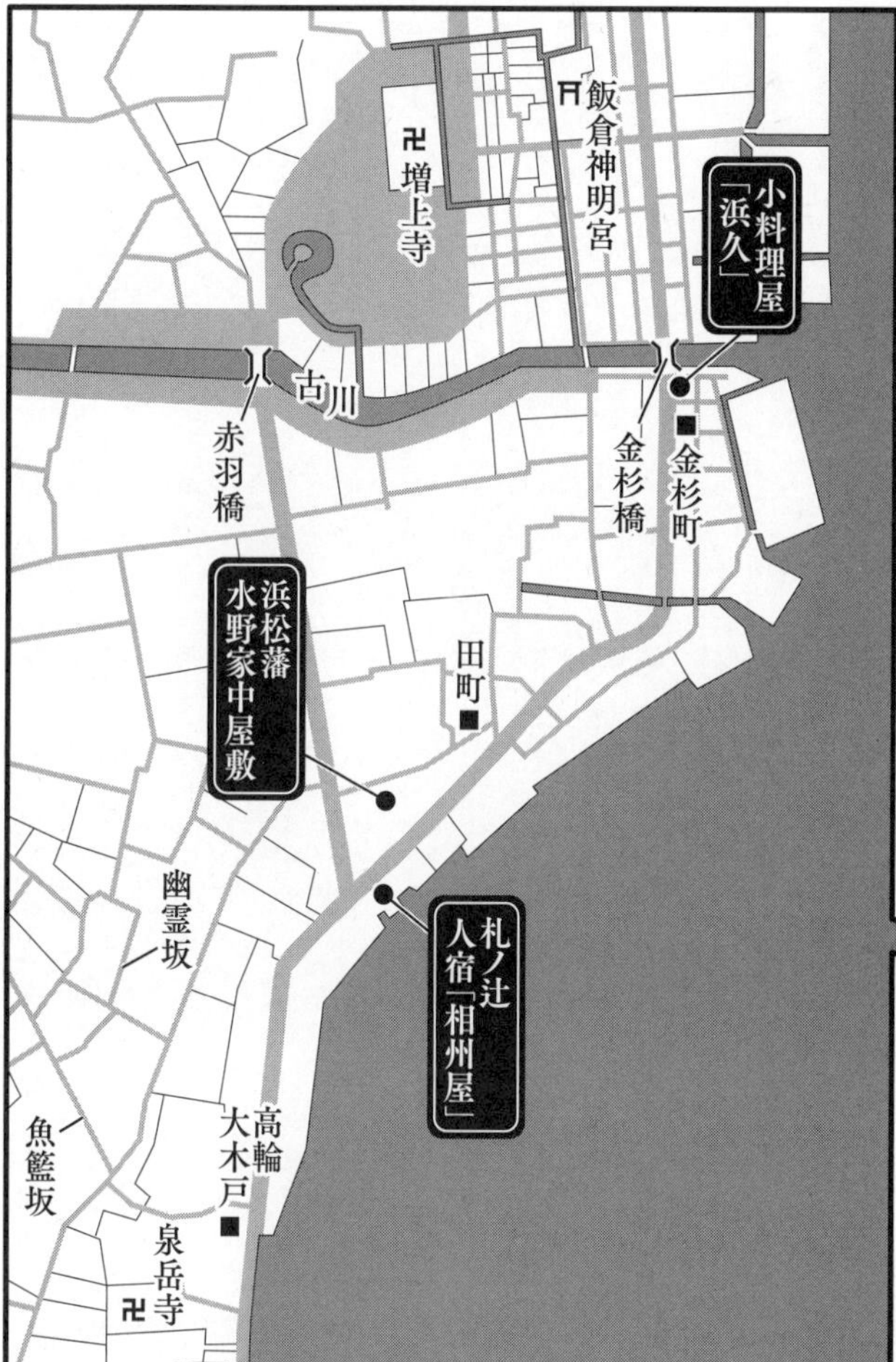

飯倉神明宮
増上寺
小料理屋「浜久」
古川
赤羽橋
金杉橋
金杉町
浜松藩水野家中屋敷
田町
札ノ辻人宿「相州屋」
幽霊坂
高輪大木戸
魚籃坂
泉岳寺

地図作成／三潮社

# 一　相身互《あいみたが》い

一

　日の出間もなくである。

「あり、ありがとうございます」

　お沙世《さよ》は上《うわ》ずった声になった。出したばかりの縁台に腰を据《す》えたのが、荷馬や大八車《だいはちぐるま》の人足ではなく、中間《ちゅうげん》を随《したが》えた武士とあっては、お沙世が戸惑ったのも仕方ない。

　品川宿《しながわしゅく》から東海道を江戸府内に入り、そのまま進めば日本橋《にほんばし》だが、赤坂《あかさか》や四《よ》ツ谷《や》方面へ向かうには、ここ田町《たまち》四丁目の札ノ辻《ふだのつじ》から分岐している往還《おうかん》に進むのが一般的だ。

逆もまたおなじで、江戸府内から東海道に旅しようとする者は、ほとんどが札ノ辻に歩をしるすことになる。

その札ノ辻に茶店の暖簾《のれん》を出しているのだから、日の出とともに人が動きはじめ、客は朝早くからけっこう多い。

なんの飾り気もないその茶店の縁台に腰を下ろすのは、荷運《にはこ》び人足や行商人がほとんどである。もちろん武士や歩き疲れた商家のおかみさんなどが、ちょいと腰を下ろし喉《のど》を湿らせて行くこともある。

そうした茶店だから、出したばかりの縁台にまず腰を下ろすのは、夜明け前に品川を発《た》ち、ようやく江戸府内に入った荷馬の馬子《まご》や大八車の人足たちである。

お沙世もそれに慣れていて、

「――あら、早いんですねえ。ご苦労さんです。帰りにまた寄ってくださいな」

などと声をかけ、人足たちも、

「――ああ、ここで茶を飲みながら一服つけりゃ、また元気が出てくるぜ」

と、茶を飲みながら煙草《たばこ》をうまそうにくゆらせている。

それらがまた、朝の札ノ辻の景色となっている。

そこへきょう最初の客として、中間を従えた武士が、

「許せ。茶を一杯、所望《しょもう》したい」

と、縁台に折り目正しく腰を据えたのだから、お沙世が面喰らっても無理はないだろう。

文政《ぶんせい》三年（一八二〇）睦月《むつき》（一月）下旬の、晴れた日の朝である。

武士は塗笠《ぬりがさ》をかぶり、袴《はかま》の股立《ももだち》を取り、手甲《てっこう》をはめ、打飼袋《うちがいぶくろ》を背に結んでいる。お沙世は精悍《せいかん》さよりも穏やかさを感じる、この三十がらみの旅姿の武士に好感を持った。

見た目ではない。縁台に腰を据えるなり武士は言ったのだ。

「この者に、奥をちょいと貸してやってくれぬか」

「は、はい。どうぞ」

お沙世はわけのわからないまま盆を小脇に応《こた》えた。

「へい。おじゃまいたしやす」

と、二十歳《はたち》を過ぎたくらいかと思われる若い中間は、挟箱《はさみばこ》を担《かつ》いだまま腰を落とし、暖簾を頭で分けた。紺看板《こんかんばん》に梵天帯《ぼんてんおび》を締め、脇差寸法の木刀を腰に、一《いち》文字笠《もんじがさ》を頭に結んだ定番《ていばん》の中間姿である。

中間のこの衣装に、夏も冬もない。腰から下は猿股《さるまた》一丁で太ももなどもむき出しである。あるじのお供で出かけたときなど、訪問先がお屋敷であろうと料亭であろうと外で片膝をつき、あるじの出て来るのを待ちつづけなければならない。冬の北風の吹く日や雪の降る日などはからだ全体が凍《い》てつき、太ももなどは紫色に腫《は》れ上がり、感覚すらなくなる。

　主人が茶店の縁台に腰かけたいまも、本来なら挟箱を地に置き、かたわらで片膝を地につき、主人が茶を飲み終わるのを待たなければならない。それが武家奉公の作法なのだ。

だがこの中間はあるじにうながされ、挟箱を担いだまま暖簾の内側に入った。中にも縁台があり、外からは薄暗くてよく見えない。

怪訝《けげん》そうな表情のお沙世に、武士は言った。

「ここはまだ府内だが、町場でしかも屋敷から離れておるでのう」

「はあ」

　と、お沙世はまだ理解できなかった。

内側から声が聞こえて来る。中には、お沙世の祖父母の久蔵《ひさぞう》とおウメがいる。この茶店は久蔵とおウメが道楽で始めたのを、武家から出戻った孫娘のお沙世が手伝っているのだ。ことしの正月で二十三歳になり、茶店の看板娘というのにふさわしいなかなかの美形だ。それに健康体である。

中間が、

「へい。奥をお借りしやした」

と、暖簾から出て来たとき、

「あらあ。そうだったんですか」

と、お沙世はようやく解した。

暖簾から出て来たのは中間ではなく、手甲脚絆《きゃはん》を着け、股引《ももひき》に袷《あわせ》の着物を尻《しり》端折《はしより》に、厚めの半纏《はんてん》を羽織った町衆だった。木刀ではなく道中差《どうちゅうざし》を帯び、道中笠を手にしている。

表情が生き返ったようになっていた。これなら春先だがまだ冬のように寒いなか、ずいぶん楽になるだろう。

「おまえもそこに座り、熱い茶を飲んで行け」

「へい。お言葉に甘えさせていただきやす」

町衆の旅姿になった中間は、あるじとおなじ縁台に腰を据《す》えた。

いずれからか知らないが、赤坂や四ツ谷方面へ向かう枝道から二人は来た。屋敷をかなり離れ、町場の街道に出たからは中間を思いやり、武家のしきたりから離れるため、町衆姿に着替えさせたのだ。

お沙世はそうした主従に親しみを感じ、お茶をさらに用意し、

「これからいずれか遠くへ出かけられるのですか」

「ああ、川崎大師《かわさきだいし》にお参りをと思うてなあ」

武士は応え、着替えた中間が茶を飲み終わると、

「さあ、行くぞ」

「へいっ」

町衆姿になった中間は勢いよく腰を上げ、道中笠をかぶり挟箱を担《かつ》いだ。挟箱の中はあるじの身のまわりの品から、自分の着替えまで入っていた。茶店の縁台にひと休みしたのは、中間に着替えさせるためだったようだ。

「お帰りにも是非のお立ち寄りを」

お沙世はきょう最初の客にほのぼのとしたものを感じ、品川方向へ向かう武家主従の背を見送った。

向かいの商家から、

「さっきのは武家の主従だったなあ。どこへ行くと言うておった。まさか、言葉を濁《にご》しておらなんだろうなあ」

言いながら忠吾郎《ちゅうごろう》がいつもと異なり、渋面《じゅうめん》をこしらえ出て来た。

その商家の地味な暖簾には〝人宿相州屋《ひとやどそうしゅうや》〟の文字が染め抜かれ、看板にもそう彫り込まれている。忠吾郎はその相州屋の亭主である。

奉公先を求める者を商家や武家に斡旋《あっせん》する口入屋《くちいれや》で、宿なしの者に行く先が決まるまで暫時《ざんじ》住まわせる設備を持ったのを、とくに人宿といった。

忠吾郎がこの地に人宿の看板を張ってから十年ほどになり、手堅い実積から、界隈《かいわい》の者は〝相州屋の旦那《だんな》〟と畏敬《いけい》の念を込めて呼んでいる。達磨《だるま》を連想させる体軀《たいく》と面相には貫禄があり、年行《としゆ》きなら五十路《いそじ》をいくらか超している。

「あら、旦那。きょうはいつもより早いですねえ」

お沙世は言うと空《から》の盆を小脇に、急いで暖簾の中に入った。忠吾郎の茶を用意するためである。

貫禄のある忠吾郎が朝から向かいの茶店の縁台に腰かけ、鉄製の長煙管《ながぎせる》で煙草をくゆらせながら、道行く者を見つめている姿もまた、札ノ辻の景色の一つになっている。

札ノ辻が、東海道を江戸に入る者の多くが歩を踏む土地《ところ》であれば、いずれかで喰いつめた者が、ふらふらと通りかかることがよくある。寄《よ》る辺《べ》もなく江戸に入っても、まともに喰って行けるとは限らない。多くは無宿者になり、かえって身を持ち崩すことになる。若い女なら、そのさきは悲惨なものとなろうか。

そうした浮浪の者を見つけては声をかけ、救いを求めれば暫時身柄を引取って面倒を見る。忠吾郎が札ノ辻に人宿の看板を張ったのは、これまで身を持ち崩した者を幾人も見て来たからである。この相州屋に救われ、現在《いま》それぞれの奉公先でまっとうに暮らしている者は数知れない。

お沙世はすぐ盆に湯飲みを載せ出て来ると、

「やはり旦那、さっきのお武家が気になるようですねえ」

言ったものである。

湯飲みを縁台に置き、空になった盆を小脇にしたお沙世へ、

「感触はどうだった。引っかかるようなところはなかったか」

忠吾郎は問い返した。

問うほうも応《こた》えるほうも、つい先日の、三田寺町《みたてらまち》の西蓮寺《さいれんじ》に老婆の死体を持ちこみ、葬儀を依頼するなり強盗に変貌した、押込み葬儀の事件を念頭に置いている。一件落着からまだ月も替わっておらず、記憶もなまなましい猟奇的な手法の事件だったから、それも無理はない。

事件は、正月二日の春気分に一人の武士が茶店の縁台に腰を下ろし、相州屋の前で不逞《ふてい》の輩《やから》が倒れ者騒ぎを演じたところから始まった。騒ぎのあと、武家主従はさりげなく品川方向に去った。そのときの武士もまた旅装束で、挟箱の中間を一人したがえていた。その者が事件の首謀者だった。

そのときの武家主従と、いましがたの主従が、組合せも去った方向もおなじだったのだ。

それを相州屋の暖簾の内側から見ていた忠吾郎がふらりと出て来て、お沙世の茶店の縁台に腰を据えたのもまた、あの日と似ている。そうなれば、お沙世の脳裡に押込み葬儀の一件が浮かんだのも当然といえよう。

だが、お沙世は言った。

「大丈夫ですよう。さきほどのお武家さま、川崎大師へのお参りとおっしゃっていましたから」

と、武士がここでお茶を飲んで行ったわけも話し、

「お優《やさ》しいお方のようで、お供の人もよろこんでいるようでしたから」

「ほう、なるほど。きょうは正月二十日、あしたは初大師《はつだいし》だなあ」

「あ、そうです。初大師、忘れていました。きっとそれでしょう。なんと奇特な

お武家でしょう」

お沙世はあらためて感心したように言い、忠吾郎もこのときはひとまず安堵したように、

「ならば、あしたには戻って来るということか」

と、長煙管で煙草をゆっくりとくゆらせ、視線を街道のながれに移し、

「ほう」

うなずいた。

白装束に金剛杖《こんごうづえ》を手にした、それらしい男女の一群が茶店の前を品川方向へ通り過ぎて行った。夜明け前にも幾組かの参詣者《さんけいしゃ》と思われる群れが、札ノ辻を品川方向へ抜けていた。

川崎大師は別名を厄除《やくよけ》大師ともいわれている。

お沙世の祖父の久蔵が、札ノ辻に人宿の暖簾を張ったばかりの忠吾郎に言ったことがある。

「――幾年かまえじゃった。公方《くぼう》（家斉《いえなり》）さまが四十二の厄年《やくどし》で、川崎大師へお参りになったのじゃ。札ノ辻《こ　こ》をえらいお行列がお通りになった。それからじゃわい。公方さまもご参詣になるのだ、と急に信心する者が増えましてなあ」

なかでも初大師はかなり大きな縁日になり、すでに見られたようにその余波は札ノ辻にまで及んでいる。それが毎年のことだから、お沙世はつい慣れっこになって失念していたようだ。

川崎宿《かわさきしゅく》は品川を過ぎた東海道の二つ目の宿駅で、江戸府内からは五里（およそ二十粁《キロ》）あるいは五里半ともいわれ、行き帰りで十里は超すことになる。日帰りなら、まだ暗いうちに江戸を発ち、日の出を高輪《たかなわ》の大木戸《おおきど》か泉岳寺《せんがくじ》のあたりで迎え、まだ朝の動きのなかにある品川宿を抜け、六郷川《ろくごうがわ》の渡しを陽《ひ》が東の空にあるうちに渡らなければならない。六郷の渡しを渡れば、そこが川崎宿だ。女人《にょにん》や足腰の弱い年寄りなどは、馬や駕籠《かご》の世話になるなどかなりの強行軍となり、ようやく火灯《ひとも》し頃《ごろ》には江戸府内に戻って来られる。

いまはすでに東の空に陽が昇っている。日帰りはもう無理だ。

「まあ、あしたはわしもここであの主従を迎えさせてもらおうかい」

「はい、きっとお寄りになります。またあのお供の方が、ここで元の中間さんに戻られましょうから」

「そうかのう」

と、忠吾郎はさきほどの武家主従への懸念は解いたものの、完全に払拭《ふっしょく》したようすではなかった。

この札ノ辻で、忠吾郎とお沙世が語り合っているときである。東海道を川崎宿からさらに進んだ箱根《はこね》の山中に、刀と刀のぶつかり合う音に人と人の叫び合う声が響いていた。木洩《こも》れ日《び》を受けながら、三人の若い侍《さむらい》が追っ手と思われる五人の武士団と斬り結んでいたのだ。関所はすでに越え、あとすこしで小田原宿《おだわらしゅく》という地点だった。

追っ手らしき面々は腕に覚えのある者ばかりか、追われている三人はすでに一人が斬られ、絶命している。残った二人のうちの一人も血にまみれ、

「かならず、かならず、江戸おもての殿にぃ」

「心得たっ」

残った一人が灌木群《かんぼくぐん》の茂みに逃げこんだ。

背後に、

「ぎぇーっ」

悲鳴を聞いた。仲間がふたたび追っ手に斬られたようだ。断末魔《だんまつま》の声だった。

すぐだった。

「おっ、いたぞ！　そこだっ」

追っ手の声だ。

若侍は灌木群をかき分け、追っ手の一太刀を肩に浴びると同時に、

「あぁぁぁぁ」

急峻な崖《がけ》に身を滑《すべ》らせた。

上から五人が血刀を提《さ》げ、崖の下をのぞきこんだ。

「くそーっ、あと一歩というところで」

「いや、手応えはあった。致命傷ではなかろうが、斬ったぞ。左肩だった」

「ふむ。この断崖のような谷間だ。落ちれば骨も砕け、あとはもう助かるまい」

「おそらくのう」

五人は断崖を降りて確かめるような危険は冒《おか》さず、その場から去った。

あとは山中に何事もなかったように、樹々《きぎ》のざわめきのみが残っていた。

二

翌日、午《ひる》をいくらか過《す》ぎたころだった。

口入《くちい》れの仕事で外出先から帰って来た忠吾郎が、

「どうだい。きのうの武家と中間は、戻って来たかな」

言いながら、さっき馬子《まご》二人が立ったばかりの縁台の脇に立って言った。

「まだですけど。見落としはないと思いますよ。お戻りになればあの中間さん、ここでまた着替えをなさいましょうから。それよりも旦那、どうぞ。すぐお茶を淹《い》れますから」

「いや、すぐ商舗《みせ》に戻らねばならんのでなあ」

お沙世が縁台を手で示したのへ忠吾郎は返し、

「あの武家主従、戻って来たらちょいと声をかけてくれんか。どんなようすか見てみたいでなあ」

「旦那、心配いりませんよう。声はかけますが」

縁台に座らず向かいの相州屋に戻ろうとする背にお沙世は言った。

やはりきのう背中しか見なかった武家主従が、押込み葬儀のときの主従の組合せとおなじことに、忠吾郎はすっきりしないものを感じているようだ。もちろん、すでに始末をつけた事件と、きのうの主従が係《かか》り合《あ》っているなどと思っているわけではない。ただ組合せがおなじというだけのことだが、そこにもやもやとしたものを、忠吾郎は拭《ぬぐ》い切れないのだ。

夕刻、日の入り近くなると、街道は陽《ひ》の沈まぬうちに仕事を終えようとする大八車や荷馬、それに家路を急ぐ行商人らで慌《あわ》ただしくなる。

そこへ忠吾郎がまた出て来た。

お沙世のほうから、

「おかしいですねえ。あのお武家と中間さん、帰って来ませんでしたよ」

「まあ、大勢の人が行き交うなかだ。見落としたのだろう。それよりも、どうかのう。喰いつめたような者は通らぬか」

言いながら忠吾郎は縁台に腰を下ろした。

街道全体がほこりっぽいこの時分に、茶店の縁台でゆっくり茶を飲む者などいない。いるとすれば、忠吾郎くらいのものである。もちろん、ひと休みなどではない。日暮れまえにようやく江戸にたどり着いたものの、腹を空《す》かせ行くあてもなさそうな者に声をかけ、求められれば力になるためである。

忠吾郎以外にも、この時分に縁台でひと休みする者たちがいる。外商《そとあきな》いに出ていた相州屋の寄子《よりこ》たちだ。

いずれの人宿でも奉公先を求め暫時《ざんじ》寄宿している者を寄子といい、それらの寝泊まりする長屋を寄子宿《よりこやど》といった。

相州屋の寄子には、奉公先が見つかるまでの仮宿《かりやど》ではなく、つい居心地がよくて住みついてしまい、そこから商いに出る者もいる。そうなれば、もう寄子というより住人である。寄子宿の長屋は、相州屋の脇の路地の奥にある。五軒長屋が二棟で、相州屋の裏庭とつながっている。

そこの寄子というより住人が二人、

「あれー、旦那さん。きょうもここで人找《ひとさが》しかね」

「あ、人找しといえば、きのうまた怪しげなお武家と中間さんがそこへ座って行ったというけど、きょうも来たかね」

などと勝手なことを言いながら、寄子宿への路地ではなく向かいの茶店のほうへ歩を進めて来た。蠟燭《ろうそく》の流れ買いのおクマ婆《ばあ》さんと、付木《つけぎ》売りのおトラ婆さんである。

お沙世の茶店であったことは、その日のうちに寄子宿でも共通の話題となる。中間が茶店の奥で着替えるなど初めてのことで、それがまた押込み葬儀のときの武家主従の組合せとおなじというのでは、なおさらである。

「それが、来ないんですよ。旦那は、見落としたんだろうっておっしゃるんですけどねえ」

「帰りも中間さんがここで着替えるんなら、見落とすはずないじゃないか」

お沙世が言ったのへ、すこし太めで丸顔のおクマが返した。手にしている籠《かご》の中に、蠟燭の蠟《ろう》がけっこうたまっている。

「でもさあ、奉公人にそこまで心くばりをしてくれるって、優しいお武家もいるもんだねえ。怪しいとこなんか、ないんじゃないかねえ」

と、痩《や》せ型で顔も細めの付木売りのおトラが言う。きょう持って出た付木はすべて売り切ったようだ。笊《ざる》の中は空《から》になっている。二人ともけっこう商いができたようで上機嫌だ。

「おいおい、わしはなにも怪しんでおらんぞ。ただ気になっただけでのう」

「心配いりませんよう。お江戸からお大師参りにゆっくり二、三日かける人もいなさるのですから」

忠吾郎が言ったのへお沙世が返したのは、半分だけ当たっていた。

三十がらみの武士と二十歳《はたち》ばかりの中間の主従は、慌ただしい日帰りの参詣どころか、きわめてゆっくりとした旅だった。そのことからも、武士が重要な役職にあるのではなく、閑職かあるいは無役の小普請組《こぶしんぐみ》の旗本と推測できる。太平の柳営《りゅうえい》（幕府）組織で閑職の種類はけっこうあり、なかでも小普請組は無役の旗本たちの寄合《よりあい》である。

きのう陽の高いうちに川崎宿に着いた主従は旅籠《はたご》に部屋を取ると、江戸府内からよりも間近に見える富士山をながめながら海辺を散策し、

「——せっかくここまで来たのだから、あしたは江ノ島《えのしま》か鎌倉《かまくら》のほうまで足を延ばそうかのう」

「——それはよございます。とくに、こんなときには」

などと話していた。

縁日でにぎわう川崎大師をゆっくりと参詣した主従が宿に戻ったのは、江戸府内の札ノ辻で外出先から帰って来た忠吾郎が、お沙世に〝どうだい。きのうの武家と中間は〟と語りかけた時分になろうか。

主従がふたたび旅装束になり、江ノ島めぐりと鎌倉への道順になる藤沢宿《ふじさわしゅく》へ向け、宿を出たところだった。川崎から藤沢なら八里（およそ三十二粁）ほどだから、まだ明るいうちに着こうか。

仲居たちに見送られ、旅籠の玄関を数歩離れたときだった。

「あっ、旦那さま！」

「おっと」

江戸方向になる六郷川のほうへ走る町駕籠を、武士はうまくかわした。町駕籠もたくみにかわした。袖《そで》が触れたかもしれない。

つぎの瞬間だった。

「待ていっ」

武士は町駕籠を呼びとめた。見送りに外へ出ていた仲居も、近くを歩いていた者も、瞬時、歩をとめ、身を硬直させた。武士の口調がきつく、ぶつかりそうになった町駕籠の無礼を、

――咎《とが》めた
誰しもがそう思った。

「へ、へい」

武士の強い口調に駕籠舁《か》きも歩をとめ、駕籠尻を地につけた。つぎに予想される場面は、武士と駕籠舁き人足、それに乗っている客との諍《いさか》いである。立ちどまり、すでに数歩退いた者もいる。宿からも番頭が急ぎ出て来た。

だが、

「旦那さま、これはっ」

と、町人姿の中間は気づいた。

駕籠が武士を避けたときだった。垂《たれ》の中から腕がだらりと現われ、そこに血が付着していたのだ。駕籠が停まっても、乗っている客は動かない。

（死体！）

武士も中間も思ったかもしれない。

主従は駈け寄り、垂をめくった。

客は若い武士だった。右手で左肩を押さえ、ぐったりしているが息はある。顔をのぞかせた武士を見つめ、

「ううううっ」

うめき声を上げた。

「どういうことか」

のぞきこんだ武士は駕籠舁きを質《ただ》した。

「へえ、あっしらは藤沢からで、もうぶっ倒れそうでございやす」

「このお侍さん、きのう小田原《おだわら》から駕籠に乗りづめらしく、もう幾度も同業を乗りつぶしたようで、あっしらも、もう……」

前棒《まえぼう》が荒い息のなかに言ったのへ後棒《あとぼう》も途切れ途切れに語り、その場にへたりこんでしまった。

「駕籠、かご屋、江戸はまだか」

駕籠の中の声だ。かぼそい。

駕籠を停めた武士は、あらためて中をのぞきこんだ。

中の若侍は左肩に傷を負い、息もたえだえに意識も朦朧《もうろう》としているようだ。

駕籠を停めた武士は、まだ荒い息が収まらず地べたにへたりこんだままの駕籠舁きに、

「これ以上揺《ゆ》すったのでは身が持たんぞ」

「へえ、あっしらも」

「もう、立てやせん」

前棒に後棒がつないだ。疲れ切った表情と息づかいから、おそらく立っても空駕籠を担ぐのがやっとだろう。

また駕籠の中からの声だ。

「江戸へ、早《はよ》う……早う、藩邸に……」

うわごとのようなそれは、駕籠の横に身をかがめている武家主従にしか聞こえ

なかったであろう。手負いの若侍は確かに〃藩邸に〃と言った。いずれかの大名家の家臣と思われる。

駕籠を停めた武士は、町人姿の中間とうなずきを交わし、

「駕籠屋、代は心配するな」

言うと宿の番頭に、

「あらためて部屋を借りるぞ。駕籠の武士を中へ」

「は、はい」

番頭は反射的に応じ、仲居たちを差配し若侍を駕籠から抱き起こし、両脇から抱えこんだ。

「きゃーっ」

若侍の左肩を支えた仲居が悲鳴を上げた。着物に血のりがついたのだ。

「さあ、ただの手傷を負ったお侍でさあ。大事《おおごと》でもなんでもございやせん」

町人姿の中間は、旅籠の前に集まった野次馬たちを手で散らした。さきほどのうなずきといい、気の利《き》く忠実な中間のようだ。

旅籠の者が医者を呼びに走った。

思ったとおり、左肩に刀傷を受けていた。深手でないのがさいわいだった。

若侍も武士か、手傷の応急処置は心得ているとみられ、打飼袋を包帯代わりに傷口にあて、きつく結んでいた。それが奏功したか、駕籠に揺られても傷口を広げることなく、出血多量で駕籠舁きが知らぬ間に死人を運んでいたようなことにはならなかった。

それにしてもこの傷で、夜はいずれかで休んだろうが、きのうから駕籠を幾度も乗り継ぎ、小田原から川崎まで揺られて来るなど無謀というほかない。

部屋に寝かされてからも、若侍はうわごとのように言っていた。

「江戸へ……、江戸の殿へ」

いずれかの藩士であることに、もう間違いはない。しかも刀傷を負いながら、命がけで〝江戸の殿〟になにやらを報《しら》せようとしている。

いずれの藩か、して報せようとしている内容はなにか……。

いま若侍から聞き出すのは無理だ。それに、話すかどうかもわからない。

町人姿の中間が若侍の枕辺《まくらべ》で言った。

「持ち物を調べやしょうか」

「だめだ。調べたことがわかれば、われらはこの者から信を失う。せっかく助けたのだ。信を得てこの者の口から聞くほうが、向後《こうご》のためになろう」

なかなか思慮深い、策に長《た》けた武士のようだ。

医者が来た。

すでに外は夕刻近くになっていた。


札ノ辻では、茶を飲み終えたおクマとおトラが、

「それじゃお沙世ちゃん、ありがとうね」

「旦那、おさきに」

と、縁台から腰を上げ、寄子宿の路地へ帰って行ったところだった。

おクマの蠟燭の流れ買いは、家々をまわって蠟燭のしずくをかき集め、ある程度の量になれば蠟燭問屋に持ちこみ買い取ってもらう商いである。蠟のしずくは新たな蠟燭に再利用される。しずくを売る家でも、燭台のそうじの手間がはぶけ、蠟燭の流れ買いをけっこう重宝している。

おトラの付木売りは、短冊ほどの大きさに削った薄い木片の先端に硫黄《いおう》を塗った付木を、家々に売り歩く商いである。火打石で火を取るときの毎日の消耗品であり、声をかけた家で追い返されるようなことはない。

いずれも商品は軽くてかさばらず、これを商うのは年寄りと相場が決まってお

り、いい若い者がこれを扱おうものならまわりから白い目で見られ、年寄りの仕事を奪う気かと罵《ののし》られる。江戸庶民の助け合い精神に支えられた、爺さん婆さんたちの仕事である。

それはまた、家々の勝手口から入って家人らと話しながら商う仕事だから、さまざまなうわさ話につい時を過ごすこともある。そうしておクマやおトラが集めて来た町々のうわさが、相州屋忠吾郎にとってきわめて重要なものとなることがよくあるのだ。

慌ただしくなった街道の縁台に座り、ゆっくり煙草をくゆらせ、茶などを飲んでいるのは忠吾郎一人となった。かたわらにお沙世が立っている。

「旦那。やはりきのうのお武家主従が気になりますか。仁左《じんざ》さんもおなじで、そう言ってましたよ」

「ほう、仁左が。で、なんと」

思わず忠吾郎は縁台に腰かけた姿勢からお沙世の顔を見上げた。

仁左も相州屋の寄子宿に住みついている一人である。

仁左はその主従の背も見ていない。主従が腰を上げ、品川方向へ去ってからおクマやおトラと一緒に寄子宿の路地から出て来て、

「——ねえねえ、ちょいと」

と、お沙世から押込み葬儀のときに似た武家主従がいましがた、縁台に腰かけ品川方向へ去ったことを聞いたのだ。それだけで、

(仁左も関心を示した)

忠吾郎には気になる。

お沙世は応えた。

「ほう、旦那も関心を持ちなすったかい……だって」

「それだけか」

「はい、それだけです。いったい二人ともなんなんですよう。ただのお武家にお供が中間さんだったというだけじゃないですか。そんな組合せ、どこにでもいますよ。さっきも通りましたよ、お伴はお年寄りでしたけど」

話しているところへ、

——カシャカシャ

いつもの音が聞こえて来た。

仁左はおクマやおトラよりも、さらに市井《しせい》のうわさを集めやすい仕事をしている。羅宇屋《らうや》だ。歩に合わせ、背中に背負った道具箱の羅宇竹が、小気味のいい音

を立てる。触売《ふれうり》の声を出さなくても、ふらりとながすだけで家々には羅宇屋の来たことがわかる。

　声がかかった家の勝手口から入り、裏庭に面した縁側などが商いの場になる。煙管《きせる》の羅宇竹《らうだけ》をならべ、脂取《やにと》りとともに雁首《がんくび》や吸い口のすげ替えもする。商家ならあるじや番頭が、武家でも煙草好きの主人や家臣筆頭の用人《ようにん》が出て来て縁側に座りこみ、しばし煙草談義に花を咲かせる。話はそれだけにとどまるまい。女たちの井戸端会議のようなものである。羅宇屋は誰に疑われることなく他人の裏庭に入りこみ、家人たちとあれこれ話をするわけだから、その家のようすまで見えてくる。

　その羅宇竹の音が縁台に近づき、

「おっ、二人そろって見張りたあ、あの主従、まだのようでやすね」

と、やはり仁左も気になっていることを示した。軽い伝法《でんぽう》な言葉遣《づか》いをしているが、三十がらみで精悍《せいかん》な風貌に目つきの鋭い人物だ。

「旦那はわたしが見落としたのだろうなんて、そんなはずないんですけどねえ」

「なにも断定はしておらん。まあ、なにごともなければ、それに超したことはねえがな」

お沙世が言ったのへ忠吾郎がつなぎ、さらに仁左が、

「ま、お武家の主従だろうがなんだろが、きょうは初大師でいまごろ六郷川の渡し場、混み合っておりやしょうねえ」

「この時分に六郷川を渡れば、今宵《こよい》は品川泊まりになりますよ。あのお武家とお供の人も、そうかもしれません」

お沙世は言ったが、これも当たらずとも遠からずだった。いま札ノ辻で話題になっている武家主従は、品川泊まりどころか、まだ川崎宿に留《とど》まっているのだ。

お沙世はその主従が帰りもかならず茶店に立ち寄り、中間が着替えをして行くものと思っている。武家、町人を問わず、お沙世の茶店を着替えの中継地にした客は初めてである。その意味からお沙世も珍しがり、武家主従に関心を持っていたのだ。

三

主従は偶然とはいえ手負いの若侍と係り合い、もう江ノ島どころではなくなっている。

駈けつけた医者は言ったものだった。

「なんとも無謀な。傷は致命傷ではないが、このまま江戸まで駕籠に揺られたのじゃ、着くまえに命を落としてしまうぞ」

それでも若侍は、

「江戸へ、江戸の殿へ」

うわごとのように言い、起き上がろうとする。

医者は刀傷の手当てはむろん、気を鎮《しず》める薬湯を飲ませて言った。

「縫合《ほうごう》まではせぬが、包帯をきつく巻いておいた。今宵ひと晩、動かしてはならんぞ。あしたもじゃ」

若侍が目を覚ましたのは、翌朝すっかり明るくなってからだった。

札ノ辻では、
――カシャカシャ
街道に羅宇竹の音が響き、おクマとおトラも寄子宿の路地から出て来たところだった。
忠吾郎もすでに縁台で煙草をくゆらせている。

いつもの風景で、きのう戻って来なかった武家主従がけさまた話題になることはなかった。

このあと宇平《うへい》もお仙《せん》に見送られ、古着をこんもりと盛った天秤棒《てんびんぼう》を担いで路地から出て来るだろう。武家娘のお仙と老僕の宇平も忠吾郎に見込まれ、またみずからも望み、相州屋の寄子宿に住みついた特異な主従である。

古着を盛った天秤棒には足がついており、それを担いでいると竹馬が歩いているように見えるところから、〝竹馬の古着売り〟と世間ではいわれている。町場の一角にそれを据え、客が来るのを待つ商いであるから、女たちが集まりそこがまた世間話の場となる。

それがまた忠吾郎と仁左にとっては得難いものであり、武家屋敷が探索の対象となったときなどは、この二人が真価を発揮する。


おなじ朝日を浴びている、川崎宿の旅籠である。

薬湯が効いたか極度の疲労からか、若侍はひと晩こんこんと眠りつづけたことになる。

「ううっ」

上体を起こそうとし、うめき声を上げた。傷口の痛さとともに、左肩を中心に上半身すべてが固定されるように、包帯がきつく巻かれている。若侍は自分のその姿に驚いたようだ。

「動かれるな、そのままに」

と、枕辺で見守っていた武士と奉公人のような若い男が見知らぬ顔であることに、若侍はかえって安堵したようだ。知っている顔なら、箱根山中で自分を殺そうとした武士団ということになるのだろう。

枕辺の武士は、きのうからいままでの経緯《いきさつ》を話した。うなずきながら聞いていた若侍は横臥《おうが》したまま武士に頼み、きのうまで包帯代わりに肩に巻きつけていた打飼袋を手に取った。血にまみれている。中をあらためた。開かれた形跡はなく、着ていた羽織もあらためた。襟《えり》のあたりを指先で探り、安堵した表情になった。いずれももとのままである。若侍は枕辺の武士を、感謝するようにじっと見つめた。

武士の策はあたったようだ。若侍は武士に信を置いたようだ。武士はすでに血のにじんだ羽織の襟に、なにやら書状のようなものが縫いこまれているのを確かめている。いずれかの藩士で江戸へ急ぎ、しかも命がけでそれを護《まも》った。その藩にまつわる重大な書付であることは想像できる。もちろん枕辺の武士は、それを問い質したりはしない。

武士は、さらに若侍を安堵させるため、

「それがし、徳川直参《じきさん》にて菅野直次郎《すがのなおじろう》と申す」

若侍は武士が徳川直参と聞いて驚いたようすを示したが、安堵したようでもあった。いずれかの藩士ではなく、将軍家の旗本である。菅野直次郎はさらに若侍を安堵させるため、江戸城での役職は伏せたが、

「七百石を喰《は》む身にて、こたび川崎大師に参り、血まみれのそなたに出会った。仔細は知らぬが武士は相身互《あいみたが》い、面倒をみさせてもらいましょうぞ」

供の中間が源助《げんすけ》という名であることも告げた。かたわらで端座《たんざ》しているようすが、いかにもあるじに忠実な奉公人のようである。

役職は言わずとも、七百石の旗本といえば大身であり、屋敷内では〝殿〟と称《よ》ばれる身分だ。

若侍はうなずき、

「それがし、遠江《とおとうみ》のさる藩の家臣にて、井出七郎太《いでしちろうた》と申す。藩の名はご容赦《ようしゃ》願いたい」

「ふむ」

菅野直次郎はうなずいた。無理もない。井出七郎太は刀傷を負っているのだ。命がけの、複雑な仔細があるのだろう。

肩の刀傷は尋常に斬り結んだものではなく、追いすがって来た何者かに、背後から斬られたものと思われる。うわごとから、それが私闘ではなく藩に関わる揉《も》め事であることがわかる。

井出七郎太は藩の名を伏せたが、遠江といえば浜松《はままつ》藩、掛川《かけがわ》藩、横須賀《よこすか》藩、相良《さがら》藩などがある。そのなかで流血の騒ぎまで起こすような揉め事を抱えた藩は……。菅野直次郎には、なんとしても聞き出したいところである。

七郎太は藩の名こそ伏せたものの、理由《わけ》は話した。刀傷のうえ、朦朧《もうろう》としたなかに〝殿へ、殿へ〟と口走ったことも聞かれているはずである。命の恩人に対し、話さざるを得ない。

「城代《じょうだい》に不正これあり。江戸おもての殿に直訴《じきそ》すべく国おもてを出立《しゅったつ》し、その途次でござった。箱根山中で二人、斬られもうした」

「なんと」

直次郎は驚いた。すでに二人、斬られている。

横臥のまま話すと、七郎太は目をつむった。

(これ以上は話せぬ)

その意思表示のようだ。藩士でありながら殿へ〝直訴〟などとは、若い下級武士の赤誠《せきせい》であろうか。

話からすると、襲ったのは当然、〝不正ある〟国家老の手の者ということになる。事態は深刻である。羽織の襟に縫いこまれた紙片らしきものは、その〝不正〟の仔細が認《したた》められているのだろう。

直次郎は中間の源助と顔を見合わせ、うなずきを交わした。

(この者を江戸の屋敷へ)

(承知いたしやした)

目で語り合ったのだ。源助なる中間は、若いがなかなかあるじから信頼されているようだ。

医者が来た。

上体を起こした七郎太の傷口を消毒し、またきつく包帯を巻きながら、

「縫合《ほうごう》しておらぬゆえ、あと二、三日、動いてはならぬ」

その言葉に七郎太は困惑し、

「い、いや、きょう中に、一刻も早《はよ》う江戸へ」

と、上体を医者のほうへねじり、

「ううっ」

痛むのであろう。うめき声を上げた。

医者はきびしい表情になり、

「そなた、きのうあのまま駕籠に揺られつづけていたなら、いまごろ六郷川じゃのうて三途《さんず》の川を渡っていたところじゃぞ。どんな事情があるのか知らんが、せっかく助けられた命じゃ。大事になされ」

言うとふたたび気を鎮める薬湯を調合した。きのうもそれを飲み、ひと晩ぐっすり眠った。催眠の作用があるようだ。

その日、昼間も七郎太は眠りつづけた。若いせいかときおり目を覚まし、そのあいまにぽつりぽつりと言った。

「もうすぐ小田原という土地《ところ》で追いつかれ……」

さらに、

「追っ手は手練《てだ》れが五人でござった」

朦朧としたなかの言葉である。偽《いつわ》りを包んでいるとは思えない。

ふたたび眠ったとき、源助は緊張した表情で言った。

「旦那さま。五人も追っ手がいるとは、街道一帯で探索しているかもしれやせんぜ。すでにこの川崎《かわさき》にも」

考えられる。旅籠を嗅ぎつけられたなら、いかに将軍家直参といえど、旅の空とあっては自分たちの身まで危《あや》うくなる。

直次郎は言った。

「動かすぞ、あすの朝だ」

四

翌朝、医者が来るまえに旅籠を出た。

井出七郎太も、強くそれを望んだ。

すぐ近くの六郷川の渡しへも町駕籠を雇った。

「揺らしてはならぬ。そっと運ぶのだ」

直次郎は駕籠舁《かごか》きに念を押した。

札ノ辻ではいつもの朝を迎え、さすがに三日も経れば、凶悪であった押込み葬儀の首謀者と主従の組み合わせがおなじというだけでは、もう忠吾郎と仁左のあいだでも、それが話題になることはなかった。

お沙世も、

「素通りしたのかしら。茶店はここだけじゃないものねえ」

と、関心が薄れたように言っていた。

その武家主従はいま、直訴の若侍をともない、川崎宿を発ったところだった。

初大師はすでに終わっており、六郷川の渡しが混んでいなかったことが、手負いの者を擁《よう》した一行にはありがたかった。そっと乗せ、そっと降ろし、対岸の渡し場からもすぐ、

「急がずともよい。ともかく揺らさぬように」

と、町駕籠を雇った。

道筋の茶店でひと休みしたとき、七郎太は言った。あくまでも親切な菅野直次郎に、藩名を伏せたままにしておくのが心苦しかったのだろう。

「遠江《とおとうみ》は浜松《はままつ》藩、水野《みずの》家でござる」

聞いたとき、直次郎は大きくうなずいた。菅野直次郎にとって、助ける相手として不足はなかった。

渡し場でも街道でも、それらしい武士団に遭遇することはなかった。

あとは品川まで、そう遠くはない。揺らさぬようゆっくり歩を取る町駕籠の前に源助が歩を踏み、うしろに直次郎がつづいた。それらの歩調は、しずしずと進む権門《けんもん》の女乗物のようだった。

川崎から二里（およそ八粁）ばかりだが、品川宿の町場に入ったのは、陽がすでに中天に近づいた時分になっていた。道中、幾人かの武士が町駕籠の一行を追い越し、またすれ違ったが、浜松藩の藩士らしい者はいなかった。

直次郎は追っ手への警戒もさりながら、七郎太の傷口を心配し、人や荷の行き交う大通りから枝道に入り、静かな小ぢんまりとした旅籠にひと部屋をとった。昼間の旅籠は朝夕のような慌ただしさはなく、ケガ人を休ませるのに環境はよかった。

七郎太は口には出さないが、動けば表情から痛さを堪《こら》えているのがわかる。

直次郎も武士なら、金瘡《きんそう》（外科）には一応の心得がある。

包帯を替えた。傷口に新たな出血はないが、まだ完全に塞《ふさ》がってはいない。医者がきのう、〃あと二、三日〃と言っていたのは、この傷口のことだろう。それでもきのうにくらべ、七郎太が昼の膳にかなり手をつけたのが、直次郎と源助を安堵させた。

駕籠の乗り降りのとき、包帯を替えているとき、また昼の膳を前にしたときにも、

「痛み入る。このご親切、生涯忘れませんぞ」

七郎太は言っていた。心底《しんそこ》からの言葉である。

そのたびに直次郎は〃武士は相身互《あいみたが》い〃をくり返し、

「なあに、江戸に入ったらそれがしの屋敷に暫時《ざんじ》、身を落ちつけられよ。四ツ谷御門内の番町《ばんちょう》にありましてなあ。そこに入ればもう安心、いかなる大名家の者とて手出しはできもうさん。浜松藩といえば、ご領主は水野和泉守忠邦《みずのいずみのかみただくに》さまでしたなあ。ともかく傷が癒《い》えてから、直訴は穏やかでないが、江戸藩邸内にお仲間がおいでなら、つなぎの労など厭《いと》いませぬぞ」

武士は相身互いとはいえ、そこまでの親切は度が過ぎている。しかし若い七郎太にすれば、命まで救ってもらい、頼りがいのある将軍家の直臣《じきしん》である。

「まっこと、痛み入る」

と、ただただ感謝するばかりだった。

源助が二人のあいだに喙《くち》を容《い》れたのは、昼の膳が終わりかけたときだった。

「江戸に入ればちょいと茶店に立ち寄り、中間姿に戻って井出さまにも奉公させてもらいまさあ」

茶店の娘が〃お帰りにもお立ち寄りを〃と言っていたのを、直次郎も源助も忘れてはいなかった。

武家の中間が旅先といえど、あるじとおなじ部屋で膳を共にするなど、およそあり得ないことである。それができるのは、源助が町衆の姿になっているからである。それが札ノ辻で中間姿に戻れば、そこにあるのは武家の主人と奉公人の厳しい作法のみとなる。札ノ辻での着替えは、中間の寒さ対策だけでなく、厳しい作法を暫時解く意味もあったようだ。

源助の言葉はつづいた。

「そのあとはなんなりとお言いつけくだせえやし。江戸府内に入《へえ》ればすぐの札ノ辻というところで着替えやすから」

そのときだった。

「ううっ」

七郎太は飲みかけた茶を吐き出した。不意に痛さを感じたようでもない。

源助は驚き、

「いかがなされやした」

「いま、なんと申した。札ノ辻、と？」

井出七郎太が問い返したのへ、

「あっ」

と、菅野直次郎は気づいた。

井出七郎太は浜松藩水野家の家臣である。街道の札ノ辻は田町《たまち》だが、その背後に広がる三田《みた》には寺町や大名家の中屋敷が多い。なかでも札ノ辻に最も近い大名屋敷が、浜松藩水野家の中屋敷である。

国おもてから東海道を出て来た浜松藩士は、田町九丁目の高輪《たかなわ》大木戸を入り、やっと江戸に着いたとひと息つくと、あとは田町四丁目の札ノ辻をめざす。札ノ辻から枝道に入れば、そこに広大な藩の中屋敷が広がる。藩士はまずこの中屋敷で旅のちりを払い、身なりをあらためてから江戸外濠《そとぼり》城内の上屋敷に入る。だから浜松藩士にとって江戸といえば、まず〝札ノ辻〟だったのだ。

井出七郎太は殿への直訴を意図し、同志二人とともに江戸おもてへ向かっていた。それが城代である国家老筆頭の不正を訴えるものであれば、江戸おもてにもその一味がいるかもしれない。江戸家老筆頭の留守居《るすい》役そのものが仲間かもしれない。だから殿への直訴が必要だったのだ。

追っ手は井出七郎太を斬り、手応えはあっても死体は確認していない。すでに知らせが三田の中屋敷に入り、藩邸は念のため警戒に入ったかもしれない。藩邸が網を張るとすれば、まず札ノ辻である。

きのう夕刻近くである。

忠吾郎がお沙世の茶店の縁台に腰を下ろし、街道のながれに視線をながし、鉄の長煙管で煙草をくゆらせているときだった。

夕刻近く街道が慌ただしくなりかけたなかに、袴姿《はかますがた》に塗笠《ぬりがさ》をかぶった武士が二人、忠吾郎のとなりの縁台に腰を据えた。

「――いらっしゃいませ」

と、お沙世は緊張することもなく迎え、茶を出した。お沙世も忠吾郎もまだ、箱根山中の出来事や浜松藩士の直訴のことなど、まったく知らないのだ。

この時分、忠吾郎以外に客はいない。これが武士二人でなく中間との主従だったなら、あるいは緊張を覚えたかもしれない。忠吾郎も、気にとめることはなかった。近辺に大名屋敷は多いのだ。

武士は二人とも茶を喫《の》みながら、塗笠の前を上げ忠吾郎とおなじよう視線を街道のながれに向けている。二人とも、高輪大木戸のほうから歩いて来たようだ。

一人がお沙世に言った。

「――おい、女。昼間、ここをケガ人のような武士は通らなんだか」

「――いえ、見かけませんでしたが」

「――そうか」

「――なにか、そのようなお方をお探《さが》しですか」

「――いや、なんでもない。通らなければそれでいいのだ」

ただそれだけだった。武士二人はしばらく休むと、縁台を離れた。

武士たちの去ったあと、

「――ケガ人と言われても、どの程度だか」

「――あはは、みょうなことを訊くもんだ。それよりも、きょうも腹を空《す》かせてふらついているような者はいなかったようだなあ」

お沙世と忠吾郎は言葉をかわした。

きのうは、ただそれだけだった。

それがきょう、午過《ひるす》ぎである。

きのうとおなじ武士が二人、またお沙世の茶店の縁台に腰を据えた。忠吾郎はいない。代わりに大八車を牽《ひ》いた荷運び人足が二人、縁台に腰かけ茶を飲んでいた。人足二人はとなりの縁台とはいえ、遠慮するように隅へ身を寄せた。

武士二人は茶を喫しながら、無言で街道を見つめている。きょうも高輪大木戸のほうから歩いて来たようだ。お沙世のほうから声をかけた。

「あのう、きのうもここでお休みくださいましたお武家さまでは」

「ふむ」

武士二人はうなずいただけで街道を見つづけている。不気味だ。

「あのう、おケガをされたお人、まででしたらわたくしがここで注意していて、もし見かけましたら、お武家さまのお屋敷にお知らせしてもよございますが」

お沙世がおそるおそる言ったのへ、

「いや、それには及ばぬ」

「余計なことはするな」

武士二人は怒ったように言うと、縁台から腰を上げた。

お沙世は気まずい思いになり、

「ありがとうございました。またのお越しを」

見送り、荷運び人足も、

「おう、ありがとうよ」

「疲れが取れたぜ」

と、縁台を離れると、

「旦那ア」

お沙世は向かいの相州屋に飛びこんだ。

忠吾郎は店場の帳場格子《ちょうばこうし》の奥にいた。すぐおもてに出て来て、

「おう、腹を空かした者がいたかい」

「そうじゃないんです。なんだか気味が悪くって。すぐお茶、淹れますから」

「なにがどうしたのだ」

言いながら忠吾郎は縁台の客になった。

お沙世はさきほどの武士二人の話をし、

「それが、きのうのお侍さんたちなんですよ」

「えっ、きょうも手負いの者を街道で探している?」

しかもお沙世の親切を、武士二人は拒絶している。武家の内輪のことのように思われるが、そのくせ街道にまでくり出している。忠吾郎も関心を示し、

「で、あとは？」

「そこの枝道に」

お沙世は、武士二人が入ったすぐ近くの枝道を手で示した。

その枝道の奥には、街道から町場が広がって来るのを押しとどめるように、大名屋敷の白壁が横たわっている。浜松藩水野家の中屋敷である。

この武士こそ、箱根山中で井出七郎太たちを襲った五人のうちの二人だった。あのあと五人は、崖に落ちた井出七郎太も生きてはいまいと判断し、三人はそこから城代の黒岩藤右衛門《くろいわとうえもん》に首尾を報告するため浜松に引き返し、二人が江戸留守居の大垣俊之助《おおがきしゅんのすけ》に知らせるため、三田の中屋敷に向かったのだった。ということは、江戸留守居の大垣俊之助もなにやらの不正の一味ということになる。一味どころか、その地位から黒岩が国おもてでの首魁《しゅかい》なら、大垣は江戸おもての中心人物ということになる。

ならばそれを告発するには殿への直訴しかなく、防ぐほうも極秘でなければならない。

二人だけで江戸に向かったのも、できるだけ目立たぬようにするためだった。それも目立つ上屋敷ではなく、三田の中屋敷へ秘かに入ったのだった。

江戸留守居の大垣俊之助は、追っ手の者が最後の死体を確かめず、直訴の者をすべて葬《ほうむ》ったと報告したことに激怒し、不安に駆られた。それで二人は札ノ辻から品川までの街道の探索を余儀なくされたのだった。藩邸の者をそこに投入することはできない。

その直訴の者が生きており、初大師へのお参りだとお沙世の茶店でひと休みして行った武家主従がそこに係り合ったなど、なおさら札ノ辻の者には想像もつかないことだった。

刺客《しかく》二人が探索している者はいま、品川の旅籠を発とうとしている。菅野家主従と井出七郎太である。一行は札ノ辻を踏んだとき、源助が七郎太に言ったとおり、ふたたびお沙世の茶店に立ち寄るだろう。

五

川崎の医者は、患者が武士とはいえ、旅の者に対しては縫合するような大手術はせず、応急処置だけですました。あとは慎重に扱わねばならない。

当然、

「ケガ人だ。そっとな」

と、菅野直次郎は品川からも町駕籠を雇った。

一行が旅籠を発ったのは、札ノ辻で刺客の武士二人がお沙世の茶店を離れ、代わって忠吾郎が縁台の客になった時分だった。陽は中天をいくらか過ぎ、街道は往来人に大八車、荷馬の列が行き交っている。

そのなかをひときわゆっくりと歩を踏む町駕籠が一挺、珍しい光景ではない。病人やケガ人を運ぶときなど、よくあることだ。

菅野直次郎たち三人が、浜松藩から見張りの者が出ていると警戒するのは、きわめて自然なことだ。町駕籠に護衛のような武士やその奉公人らしいのが付き添っていたのでは、かえってまずい。直次郎も源助も駕籠からいくらか離れ、周囲に目を配りながら歩を進めた。うしろから大股で追い越して行く武士、前方からすれ違う武士がいるたびに、一行は緊張を走らせていた。

品川宿の街並みを出れば、街道はいきなり江戸湾の袖ケ浦《そでがうら》に沿った海浜の往還となる。江戸はもう視界のなかである。潮風を受け潮騒《しおさい》を聞きながら歩を進め、高輪大木戸を入れば街道の両脇に家々が立ち並び、もう江戸府内である。さいわいにも留守居に叱咤《しった》された刺客二人が三田の中屋敷から街道を品川に向かい、また引き返したのは午前のことだった。そのあとを、駕籠の一行はたどったことになる。

高輪大木戸を入った。東海道を歩いて来た旅人なら、高輪大木戸を入るとやっと江戸に着いたとの思いになり、大木戸の内側の沿道にならぶ茶店でひと休みするところだが、一行はそうはいかない。なおいっそう、警戒を厳重にしなければならない。

町駕籠を擁した一行は、一歩一歩と札ノ辻に近づいている。そこの枝道を入れば、浜松藩の中屋敷なのだ。下ろした垂《たれ》の中で井出七郎太は、まだ動けば痛む傷口を気にしながら、緊張の増すのを禁じ得ない。札ノ辻は浜松藩士から見れば中庭のようなものではないか。直訴の報《しら》せがすでに江戸藩邸に入り、札ノ辻の一帯で網を張っているかもしれない。

実際に、刺客二名が札ノ辻から品川までの街道筋を探索しているのだ。それらが数を増やし、いつまたふらりと札ノ辻に出て来るか知れたものではない。

菅野直次郎がさりげなく駕籠に近づき、

「心配召されるな。札ノ辻にも茶店があり、そこにてひと休みし、あとは策を講じるゆえ」

「ううっ」

七郎太はうめくような声を返した。〝策を講じる〟とはいえ、札ノ辻は最も警戒の必要な、危険な場所ではないか。

声から直次郎はその疑念を感じ取ったか、

「そなたは茶店の奥で休むゆえ、往来からは見えぬ。安心されよ」

駕籠舁き人足にも、

「もうすぐだ。ゆっくりと、揺らさぬようにな」

言うと、駕籠の近くに歩を取っていた源助に、

「さあ、行け」

「へいっ、承知」

源助は町人の旅姿で挟箱を担いだまま歩を速め、塗笠をかぶり袴の股立を取り手甲脚絆を着けている直次郎はふたたび駕籠のあとに尾《つ》いた。さきほど直次郎がほんのわずか駕籠と並行して歩を取っただけであり、往来のどこから見てもそれらが一連の行為とは想像もしないだろう。

垂の中で、七郎太の不安は消えない。茶店の奥に入るといっても、その乗り降りが危険だ。ちらとでも浜松藩士に見られたなら、

（そのまま藩邸に……、江戸留守居の手に……）

恐怖が走る。七郎太には、大恩人の直次郎と源助以外は、街道を行く者すべてが追っ手に見えるのだ。

陽は西の空にかなりかたむいている。

足早になった源助は幾人もの往来人を追い越し、

「おう、姐《ねえ》さん。また邪魔させてもらうぜ」

札ノ辻の地を踏むなり茶店に声を入れた。

お沙世はすぐに気がついた。

「あらあ、このあいだのお中間さん。なんとごゆっくりとしたお大師さんで」

「まあ、そうだが。いまはゆっくりしちゃおれねえのよ。また奥をちょいと貸してもらいてえ」

言うと中間は返事を待つよりも、挟箱を担いだまま暖簾を頭で分けた。

「あれれ、まえにもここで着替えて行った人」

「すまねえ。また着替えさせてくんねえ」
中から久蔵と話す声が聞こえ、出て来たときには一文字笠の中間姿に戻ってい
た。お沙世に言う。
「すまねえ、理由《わけ》はあとだ。うちの旦那が町駕籠を連れて来る。乗っているのは
ケガ人だ」
「えっ、ケガ人？」
浜松藩士らしき二人も探していた。
「それできょうまでお大師さんだったんですか」
「ま、そういうところだ。ともかく人に見られねえよう、この中でそっと休ませ
てもらいてえ。俺はいまから屋敷へ駕籠を呼びに帰り、すぐ戻って来る。なあ
に、四ツ谷御門内の番町だからひとっ走り《ぱし》りだ」
「お安いご用ですが、おケガのぐあいは」
「頼んだぜ」
中間はもうお沙世の声を背に、東海道ではなく四ツ谷方面へ向かう枝道に走っ
ていた。
中間は確かに〝番町〟と言った。外濠《そとぼり》の四ツ谷御門内に広がる旗本屋敷のなら

ぶ武家地である。〝人に見られねえよう、……そっと〟とも中間は言った。いかにも事情《いわく》ありげだ。

「旦那ア」

お沙世は向かいの相州屋に駈け込んだ。

忠吾郎は帳場にいた。話を聞き、すぐさまおもてに出て縁台の客となった。お沙世とひとことふたこと打ち合わせをし、それはすぐ寄子宿にいるお仙にも伝えられた。

大名家の勤番侍《きんばんざむらい》と将軍家の旗本がいざこざを起こすなど、いかなる重大問題に発展するか知れたものではない。だが、背景がまったくわからない。前掛《まえかけ》姿のお沙世は空の盆を小脇に、忠吾郎が座る縁台の横にさりげなく立った。

待つまでもなく、高輪方面からゆっくりと来る町駕籠のうしろに、塗笠の武士のつづいているのが見えた。

「あっ、来ました。あれです」

と、お沙世にはそれが先日の武士であるのがすぐにわかった。駕籠舁きもいつも札ノ辻を通り、ときおり縁台にも座って行く顔見知りだった。

忠吾郎は素早く周囲に浜松藩の武士らしい者がいないのを確認し、

「よし」

うなずくと、お沙世は盆を小脇にしたまま街道に歩み出て、

「あ、駕籠屋さん。茶店ではなく、こちら」

寄子宿への路地を手で示した。

すかさず駕籠のうしろの武士が歩み出て来て、

「いかがいたした」

「はい、お武家さま。お中間さんから話は聞きました。その路地の奥が寄子宿になっております。空いている部屋がありますのでそのほうへ、さあ」

これがお沙世と忠吾郎が話し合い、お仙にも知らせた内容だった。

「ほう、覚えていてくれたか。なるほど向かいは人宿か。とりわけこの地で、ありがたいぞ」

武士は言うと駕籠舁きに、

「そのまま路地へ」

「へいっ」

と、町駕籠はお沙世のあとにつづいた。

路地はなんとか町駕籠の入れる幅はある。武士もほかに武家姿のいないのを確

認すると、素早く駕籠につづいて路地に入った。

(なるほど、人目を避けておるな。〃とりわけこの地で〃とは、避けようとしている相手は、やはり浜松藩のようだな)

縁台から見ていた忠吾郎はうなずくと腰を上げ、

「お沙世ちゃんはすぐ返すでのう」

茶店の奥に声を入れ、みずからも人宿の亭主として路地奥に向かった。

入れ代わるようにお沙世が駕籠と一緒に出て来た。

「あのお武家さん、どこからですか。まあ疲れたでしょう。すこし休んで行きなさいな」

お沙世は駕籠舁き二人をねぎらうように縁台に座らせた。駕籠は品川からで、ただゆっくり揺らさぬようにと言われただけらしく、駕籠屋からそれ以上の事情を聞くことはできなかった。駕籠屋は礼を言い帰ったが、お沙世には縁台でまだ仕事が残っている。

寄子宿ではお仙が、部屋を用意し待っていた。武家の出で理由《わけ》あって伊賀《いが》流の修練を積んで来たお仙にも、金瘡《きんそう》(外科)なら応急処置程度の心得はある。だが、患者の若侍も介添《かいぞえ》の武士も、札ノ辻の人宿の親切に感謝しながらも包帯の巻き替えを謝辞した。顔を出した忠吾郎が、ならば医者をと言ったが、二人はそれも固辞した。

忠吾郎とお仙は顔を見合わせ、うなずきを交わした。

(負ったのは刀傷で、それを見られるのを警戒している)

二人はそう解釈したのだ。

そのとおりだった。

介添の武士はあるじの忠吾郎に、あらためて中間が屋敷へ駕籠を呼びに走ったことを告げ、

「それがしは将軍家御使番《おつかいばん》の菅野直次郎と申す者。こたびのそなたらの親切、終生忘れぬぞ」

丁重に名乗り、大げさすぎるほどに礼を述べたが、手負いの若侍の帰属と名については、

「仔細《しさい》あって容赦《ようしゃ》されよ」

と、明かすことはなかった。

忠吾郎は追及しなかった。

だが内心、

（あっ）

と思うものはあった。

御使番といえば、将軍家の代替りに巡見使《じゅんけんし》として諸国に出向き、各大名家の藩政の良否を視察し、江戸に戻って柳営（幕府）に報告する役職である。普段は閑職だが、役務柄、大名家には煙《けむ》たがられる存在である。

それだけではない。昨年暮れ、拝領地の悪徳代官を成敗した、化《ば》け狐《ぎつね》の一件で懇意になった鳥居《とりい》家も、禄高千二百石の大身で役職は御使番であり、屋敷も番町だった。

その菅野直次郎が、いまは将軍家の代替りでもないのに浜松藩水野家の目を盗もうとしている。忠吾郎たちはむろん、直次郎が初大師の参詣に川崎へ主従二人で出かけ、数日後に手負いの若侍をともなって戻って来た経緯《いきさつ》は知らない。だが役職が御使番とくれば、なにやら公儀隠密《こうぎおんみつ》の役務でも帯びているように思えてくる。

菅野直次郎は、

「たまたま川崎大師参詣の途次にケガ人をひろい、それで長い初大師となった。なあに、武士は相身互いゆえなあ」

などとさらりと言ったが、

（どうやら大変なものに係《かか》り合《お》うてしもうたかのう）

と、忠吾郎は感じとっていた。

六

陽は西の空にかなりかたむき、街道の動きが慌ただしくなるとともに、おクマとおトラが戻って来た。お沙世の茶店でひと息入れ、

「あれれ、お腹を空かしたのじゃなくって、お侍の急病人？　お沙世ちゃんが助けたかね」

「裏の長屋で介抱？　旦那もほんと面倒見がいいんだから」

お沙世から話を聞き、二人は声をそろえた。

事前にさらりと知らせたのは、おクマとおトラがコトを大げさにとらえ、他所《よそ》で話題にしないようにとの配慮であり、それがいまのお沙世の仕事だった。

だが仁左が戻って来たときには、

「ちょいと仁左さん、お話が……」

と、対応が異なった。

「やはりあのときの武家主従、いわくありのようです。いま、寄子宿に……」

と、中間がひと足さきに戻って来て着替えたところから、詳しく現在《いま》の状況を話した。これも忠吾郎からの指示である。

寄子宿の長屋に戻った仁左は、

「また病人ですかい。風邪でもこじらせなすったか。お気をつけなせえ」

と、ちょいと直次郎たちの入っている部屋をのぞき、声をかけただけですぐ顔を引っこめた。

さきほどもおクマとおトラが心配そうにのぞいたが、それら寄子たちの特別視しないさりげなさが、菅野直次郎と手負いの若侍を安堵させていた。若侍はしきりに忠吾郎とお仙に礼を言い、ものごとを詮索《せんさく》しない江戸人の気風《きっぷ》に感服しているようすだった。それもそうだろう。おなじ藩の者に殺されかけたのを江戸の旗本に〝武士は相身互い〟と助けられ、江戸府内に入ると町衆がかくも親切にしてくれるのだ。

お沙世も菅野直次郎には当初から奉公人思いの武士として好感を持っており、旅先で負傷者を助けたのも、このお方ならあり得ることと感じ取っている。

日の入りを迎え、街道の動きがきょう最後の慌ただしさを見せ、縁台に座る客もいないなか、
「あらぁ、いらっしゃいませ。いつもお休み、ありがとうございます」
と、お沙世はすでに見なれた武士二人を迎えた。いま藩邸から出て来た風情《ふぜい》である。念のためか、陽がかたむいた時分にふたたび街道の茶店に出て、手負いの武士を見つけ出そうとしているのかもしれない。だとすれば、かなり執念深く探索していることになる。

お沙世は気が気でなかった。いま寄子宿にいる手負いの若侍は、肩の傷を他人に見せたがらず、菅野直次郎と名乗った奉公人思いの武士も極度に人目を避けようとしていることなどは、すでに街道のお沙世にも伝わっている。理由《わけ》は知らないが、

（この二人が、探索している人たち）

お沙世は勘づいている。中間の向かった屋敷は番町である。ならばゆっくりとした権門駕籠でも、そろそろ来るはずだ。

武士二人は往来人のながれを見ながら、

「生きているとは思えぬが」

「そう思うが。おい、女。おなじことを訊くようだが、疲れてふらついた感じの武士は通らなんだか」

「いえ、見かけませんでしたが」

お沙世が返したときだった。中間一人が供についた権門駕籠が、札ノ辻で分岐している往還から出て来たではないか。中間はむろん、あの中間である。駕籠を先導している。あるじと手負いの若侍は、茶店の奥にいるものと思っているはずだ。

「あっ。ちょいと、すいません」

お沙世は縁台の武士二人に断わりを入れ、駕籠が茶店のほうへ向かうより早く街道へ踏み出て中間にひと言ふた言ささやいた。

中間はうなずき、駕籠を茶店ではなく向かいの相州屋の玄関前に停めさせ、寄子宿への路地に走りこんだ。

お沙世は茶店の縁台に戻って来ると、茶を喫《の》みながら一連の仕草を見ていた武士二人に、

「申しわけありません。いまお向かいの人宿にお武家さまが奉公人の口入《くちい》れを頼みに来ていなさって。その迎えのお駕籠です。来れば陸尺《ろくしやく》（駕籠舁き）さんた

ちを茶店で休ませてやってくれと言われていたものですから。はい、あの路地の奥は勝手口で、お中間さん、ようすを見に行かれたのでしょう」

「ほう。それは、それは」

武士の一人が返した。気が利きそうな中間に感心したのだろう。武家屋敷が町場の口入屋に中間や女中の斡旋を依頼するのは珍しくない。だから武家の権門駕籠が相州屋の玄関前に横づけされても、なんら奇異ではない。

陸尺二人は駕籠尻を相州屋の玄関前につけると、武士二人が座っている縁台のほうへ、遠慮気味に歩み寄って来た。

「さあ、いらっしゃいな。ご用人さまから言われておりますから」

お沙世は声をかけ、武士二人はとなりの縁台とはいえ、陸尺がおなじように座を取ることに迷惑そうな表情をつくり、

「きょうはもういいだろう」

「ふむ、そうだな」

と、湯飲みの茶を干すと腰を上げた。

「またのお越しを」

お沙世はホッとする思いで武士二人を見送った。はたして二人とも浜松藩水野

家の中屋敷がある枝道へ入って行った。

代わるように縁台に腰を据えた陸尺二人が、

「姐さん、どういうこったね。源助が走り戻って来て、すぐ駕籠を出せなどと」

「ケガ人と聞いたが、まさか菅野《うち》の旦那さまが……」

お沙世は菅野直次郎の名はすでに聞いていたが、中間が源助という名であることはこのとき初めて知った。

「ご心配なく。親切な旦那さまですねえ。お大師さんでケガ人を拾いなさって、それで連れて来られたのですよ」

応えてからお沙世は心ノ臓の高鳴るのを覚えた。もし陸尺二人が浜松藩の藩士がまだいるときに、この質問をお沙世に投げかけていたなら……。

武士二人はおそらく陸尺とお沙世を問い詰め、中屋敷からも応援が駈けつけ相州屋に踏込むなど、札ノ辻にひと騒動起こっていたかもしれない。

間一髪《かんいっぱつ》のことにお沙世は全身の力が抜けたか、

「ふーっ」

縁台に座りこんでしまった。

そのようすを相州屋の玄関の内側からそっと見ていたか、腰高障子《こしだかしょうじ》が開き中間姿の源助が出て来た。ついで菅野直次郎の姿も見えた。

陸尺二人は、

「おっとっと」

「へい、ご免なすって」

と、急いで街道のながれを縫い、駕籠に戻った。

源助が陽の落ちかけた街道に武士の姿が見当たらないのを確認し、ついで忠吾郎とお仙が手負いの若侍を挟むように出て来て、用心深く駕籠に乗せた。駕籠尻がゆっくりと地を離れ、権門駕籠はしずしずと街道を札ノ辻から分岐している往還に入った。

忠吾郎、お仙、それに番頭の正之助《まさのすけ》が玄関前で鄭重《ていちょう》に見送った。

そこにお沙世も加わり、路地からは職人姿の仁左が出て来て、

「旦那、どうしやす。尾《っ》けやすか」

「いや、よせ。帰る先はわかっておる」

低声《こごえ》で言ったのへ、忠吾郎も低声で返した。番町に拝領屋敷のある御使番菅野直次郎である。

忠吾郎はつけ加えた。

「尾けて気づかれてはならぬ。あの者たちには、あくまで相州屋をただの人宿と思わせ、ようすをみることにしよう」

「なるほど」

仁左はうなずいた。

忠吾郎も仁左も、もちろんお仙もお沙世も、なぜ浜松藩と思われる武士がこの事態に登場するのかまだ知らない。まして箱根山中で若侍二人が斬り殺されたことなど、知る由《よし》もない。

札ノ辻から四ツ谷御門内の番町まで旗本の権門駕籠であれば、大名家といえど容易に手出しはできない。菅野直次郎が、浜松藩の中屋敷の近くという危険を冒してまでも権門駕籠を呼び寄せたのは、

「おそらく、そうした思惑《おもわく》からであろう」

駕籠が見えなくなってから、忠吾郎はぽつりと言った。

さらにお沙世には、

「ようやってくれた」

その機転によって忠吾郎は、一行を路地から出すのではなく、裏から母屋《おもや》に上げ、口入れの依頼人を装《よそお》わせ表玄関から送り出したのだ。

奏効《そうこう》していた。街道に手負いの若侍を探索していた武士二人は権門駕籠に興味を示さず、早々に茶店の縁台を離れたのだ。

七

数日が過ぎ、御使番の菅野家から相州屋になんの音沙汰《おとさた》もなかった。

お沙世は、

「せっかくいろいろ気を揉んで按配《あんばい》してあげたのに」

と、不満顔だったが忠吾郎は、

「菅野家は相州屋を、単なる人宿と見なしているからだろう。わしらの策は成功だったということだ」

と、別段菅野家を詰《なじ》るようすはなかった。

お沙世の茶店にも、あの武士二人は姿を見せなくなった。探索を諦《あきら》めたのか、それとも件《くだん》の若侍がいずれかで死去したと判断したのかもしれない。

母屋の裏庭に面した縁側で、忠吾郎は出商いから帰って来た仁左に言ったものだった。

「なにごともなければよいが。この界隈が平穏であれば、わしらから事件をほじくり出すこともあるまいよ」

「さようでやすが、気にはなりやすねえ」

と、仁左は返していた。

睦月《むつき》（一月）も終わりに近づいた日だった。

陽が西の空にかたむき、おクマとおトラが出商いから戻って来るなり、どこにそんな元気が残っていたか、

「ちょいとちょいと、お沙世ちゃん。聞いた！」

「恐いよう。どこだかわかんないけど、この近くだって」

言いながら二人は崩れこむように縁台に腰を投げ下ろした。

そのようすにお沙世は、

「まあ、どうしたんですか二人とも。いまお茶、淹れますから」

と、空の盆を小脇に急いで奥に入り、すぐに出て来た。

「あちち」

手に取った湯飲みを離し、二人はまた競うように話しはじめた。

「このまえの急病だかケガだかのお侍さん、関係ないでしょうねえ」

「直訴《じきそ》っていうから、お百姓さね」

「直訴？」

お沙世の逆問いに、おクマとおトラは得意になって話した。いずれかの領国から直訴をもくろみ、決死の覚悟で江戸に出て来た者がいて、

「それがこの近くに潜んでいて、お大名のお駕籠に駈けこもうって」

「街道筋じゃ、いまかいまかとその話で持ち切りさね」

おクマとおトラが耳にしたうわさはそこまでだった。二人はお沙世に話すと、それだけで満足そうに寄子宿の路地に入って行った。

そのすぐあとだった。羅宇竹の音が聞こえた。お沙世は急いで街道に出たが、呼びとめられるまでもなく仁左のほうから縁台に近づき、

「街道筋のうわさ、入《へえ》ってねえかい」

道具箱を背に立ったまま訊いた。

「それが、あるみたい」

と、お沙世はさきほどのおクマとおトラの話をし、

「やはり仁左さんもそのうわさを？」

「ああ、聞いた」

と、さすがに商家や武家屋敷の裏庭に腰を据えるだけあって、おクマとおトラよりも詳しい話をつかんでいた。それも、仁左がそのうわさを耳にしたのはきのうからだった。なぜか仁左は誰にも話さなかった。それをきょうも聞いたものだから、どのくらい巷間《こうかん》に出まわっているのか気になり、札ノ辻に戻って来るなりお沙世に質《ただ》したのだった。

仁左は立ったまま低声になった。

「直訴を意図しているのは、どうやら国許を出奔《しゅっぽん》した武士らしい。大名家の内紛かもしれねえ。その武士がいずれかの旗本屋敷にかくまわれ、機をうかがっているらしい、と」

「まあ、そんなら」

「そう、におう。菅野直次郎がともなった手負いの若侍と、それにすぐそこの浜松藩中屋敷の動きだ。つまりだ、お沙世ちゃん、このめえの一件、人に話しちゃいけねえ。おクマさんとおトラさんにも、あのときの武士に関わりがあるようなことを言ってもいけねえ。あちこちでそれらしい侍が相州屋に来たなどと吹聴《ふいちょう》されたんじゃや、札ノ辻が騒がしくなっていけねえ。町のうわさ、忠吾郎旦那には俺から話しておこう」

「そうですねえ。さいわいおクマさんもおトラさんも、直訴はお百姓さんのものと思いこんでいるようだから」

「それでいい。俺たちも他人《ひと》さまにはそう思いこんでいることにしよう」

「はい」

お沙世はうなずいた。

直訴と聞けば、誰もが年貢《ねんぐ》の減免《げんめん》を願い出る農民のものと思いこんでいる。先端に直訴状を挟んだ竹の棒を突き出し、

『お願いの儀これあり！』

と、大名の駕籠に駈け寄る。

街道の衆にとっては見物《みもの》である。その場で斬り捨てられるかもしれない。だから街道筋界隈では、諸人《もろびと》が〝いまかいまかとその話で持ち切り〟なのだろう。おクマもおトラも、いくらか興奮気味に話していた。

そうしたうわさが、お沙世の茶店でささやかれていなかったのは不思議なくらいで、それがまた相州屋にとってはさいわいだった。お沙世が不用意に、そういえば先日手負いのお侍が……などと縁台の客に話していたなら、それこそ札ノ辻が諸人の注目を浴びることになっていただろう。実際に仁左が聞き込んで来たの

は、それをうかがわせるものだったのだ。

　このあとすぐだった。

　母屋の裏庭に面した縁側に仁左は腰を据え、そこに忠吾郎が座りこんでいた。

仁左はきのうすでにこのうわさをつかんでいたことは伏せ、すべてきょう聞いたばかりのように語った。

　達磨を思わせる忠吾郎は神妙な顔つきになり、

「あの日以来どうも気になっていたのだが、やはり町場にそんなうわさが出まわっていたかい」

「へえ。どうやらこのうわさ、ここ数日のことで、出処《でどころ》は番町の菅野屋敷じゃねえかと思いやすが」

　仁左の述べた感想に、忠吾郎はさらに険しい表情になり、

「いまおめえの話を聞き、わしにもそう思えてきたぜ。お沙世の話からも、手負いの若侍を探索していたのは、そこの浜松藩水野家の侍《さむれえ》だろう。するってえとあの若侍も、水野家の家臣ということになるなあ。それを旗本で御使番の菅野直次郎が、わざわざここから権門駕籠に乗せ、連れ帰ってかくまっている。武士は相身互いなどと言うておったが、なにを意図していやがる」

「そこまではわかりやせんが、気になりやす」

「仁左どんよ」

「へえ」

「いよいよわしらは、のっぴきならねえ事態に係り合ってしまったと思わねえかい。わしはあした、番町の鳥居屋敷に行ってみよう。菅野家について、なにかかわることがあるかもしれねえ。おめえもできるだけうわさを集め、わしに知らせてくれ」

「そりゃあもう」

仁左は当然のように返した。

千二百石を喰《は》む鳥居家を救って以来、鳥居家も役職は御使番であり、化け狐の一件で相州屋の面々が鳥居家の相州屋に対する信頼には絶大なものがある。しかも、しばらくお仙とともに相州屋の寄子になっていたお絹《きぬ》がいま、腰元として鳥居家に奉公している。つながりは強い。

このとき仁左には、お沙世にも忠吾郎にも伏せていたことがもう一つあった。

さきほどお沙世の茶店に足を向ける直前だった。羅宇竹が音を立てる背後から大工の道具箱を担いだ男が近づき、

「――あす午前、お頭《かしら》がお呼びだ」

耳元にささやいた。

「――承知」

返したとき、大工姿の男はすでに羅宇屋を追い越していた。

往来人のなかで、羅宇屋と大工がなにやら言葉を交わしたことに気づいた者はいない。それほど二人はつなぎを取るのに手慣れていた。このとき、羅宇竹の音でお沙世の視線はそのほうに向けられていた。仁左と一緒に大工の姿も目に入ったはずである。だが、ただそれだけだった。

# 二　背後のうごめき

## 一

翌朝、

「あらあ、きょうは早いんですねえ。遠出ですか」

朝の動きが始まったばかりの街道で、お沙世は路地から羅宇竹《らうだけ》の音とともに出て来た仁左に声をかけた。股引《ももひき》に袷《あわせ》の着物を尻端折《しりはしより》にし、頭には手拭《てぬぐい》を吉原《よしわら》かぶりに載せている。

「ああ。きょうはちょいと頼まれているところがあってなあ」

応《こた》えたのは、あながち嘘ではない。きのう札ノ辻に戻って来たとき、お沙世の視界のなかで受けたつなぎというより、下知《げじ》に従っているのだ。

羅宇竹の音は、金杉橋《かなすぎばし》のほうへ向かった。その足はさらに北へ、増上寺《ぞうじょうじ》の前も通り過ぎるはずである。

おクマとおトラが出て来た。どちらも家々の裏方に直結した商《あきな》いだから、いつも一緒に出かけ、おなじところをまわり、帰りも一緒である。

「きょうも三田《みた》の寺町《てらまち》さ」

「あの一帯は広いからねえ」

と、仁左とは逆方向の三田寺町のほうへ向かった。とくに蠟燭《ろうそく》の流れ買いのおクマには、お寺は効率のいい商い場である。

陽《ひ》がすっかり昇ったころ、竹馬の天秤棒《てんびんぼう》を担《かつ》いだ宇平が出て来た。お仙がいつものように街道まで出て見送る。

「きょうはとくに気をつけてくださいよ。ときおり、見に行きますから」

「へえ、よろしゅうに」

茶店の縁台の前でお仙が言ったのへ、宇平は返した。

盆を小脇にお沙世も言った。

「わたしも行きますよ。すぐそこだから」

おクマとおトラには話していないが、きょうの宇平の商い場はさきほど決まったのだ。お仙もお沙世も、いささか緊張を帯びた表情になっていた。

（なにやら起こりそうな）

お仙は先日、手負いの若侍に接したときから感じ取っていた。二十歳《はたち》を過ぎたばかりの娘だが、親の仇《かたき》を討つため修練を積んだだけあって、動作のみならず感覚にも鋭いものがある。

お沙世もお仙と同様に、浜松藩水野家の藩士が、菅野直次郎の助けた手負いの若侍を探索しているのが気になっていた。それなのに仁左は自分の用事でさっさと出かけてしまった。

そこでお仙とお沙世はひたいを寄せ合って忠吾郎に相談し、宇平を浜松藩の中屋敷の近くへ配置することにしたのだ。表門か裏門の近くに竹馬を据《す》えれば、怪しまれず屋敷の動きを観察することができる。宇平が承知したとき、

「――ふむ。仁左はどこへ行ったか知らんが、おもしろい」

忠吾郎は言ったものである。

陽《ひ》が中天にかかるにはまだ余裕のある時分だった。仁左は江戸城内にあった。その姿をお沙世が見れば仰天し、心得のあるお仙なら、

（やはり）

と、思うかもしれない。忠吾郎も承知してはいるものの、まだその姿を見たことがないのだ。髷《まげ》も結いなおし羽織《はおり》袴《はかま》に大小を帯びた、見るからに精悍《せいかん》な武士姿である。

その仁左はいま、甲賀者《こうがもの》や伊賀者《いがもの》が詰める百人番所の前の坂道に悠然《ゆうぜん》と歩を踏み、江戸城本丸御殿の表玄関に向かっている。玄関前に立つとそこには入らず、向かって右手に歩を進めた。その先には目付《めつけ》部屋と徒目付《かちめつけ》の詰所《つめしょ》があり、専用の出入り口がある。仁左はつまり、そこに出入りする徒目付であり、名を大東仁《おおひがしに》左衛門《ざえもん》といった。羅宇屋《らうや》の〝仁左〟の名は、この本名から取っている。

目付とは若年寄《わかどしより》の配下で、旗本の行状を監視する役職である。その手足となり、実際の探索に走るのが徒目付である。そのなかには仁左こと大東仁左衛門のように、人知れず町場に住み、始終旗本の行状に目を光らせている者もいる。脛《すね》に傷を持つ旗本たちから、最も警戒され恐れられている存在である。

将軍家御使番《おつかいばん》がいずれかの手負いの藩士を助け、それを浜松藩の藩士が探索している。しかも直訴《じきそ》の話が絡んで来た。大東仁左衛門の仁左が関心を寄せないはずがない。きのうお沙世の目の前で目付からのつなぎがあったとき、まったく

表情も変えず問い返しもしなかったものの、

(そりゃ来たな)

思ったものである。

徒目付の詰所に入るなり目付部屋に通され、直属の上司である目付の青山欽之庄《あおやまきんのしょう》の前に、平伏《へいふく》というより対座した。目付と徒目付のあいだに時候の挨拶《あいさつ》などは無用である。さっそく青山の口が動いた。

「おぬしのことだ、用件はわかっていよう」

「ははっ。遠江《とおとうみ》は浜松藩水野家のご家中に直訴の動きあり、旗本は御使番の菅野直次郎さまがそこに関わっておいでのようす」

と、これまでの札ノ辻での経緯《いきさつ》を話した。

「ふむ。さすがは大東、いや、羅宇屋の仁左よ。人宿《ひとやど》の相州屋の亭主といい、茶店のしっかりした娘といい、周辺の人材に恵まれておるのう。うーむ」

青山は満足そうに言うと大きくうなずき、

「大名家の揉《も》め事にわれらは係《かか》り合《あ》わぬが、旗本がからんでいるとは一大事。しかも相手は浜松藩水野家だ。いかなる煩事《はんじ》が出来《しゅったい》するやも知れぬ」

「御意《ぎょい》」

「よってその状況がいかなるかを探索し、大事に至るまえにコトを鎮《しず》めよ」

「承知」

武士姿の仁左は返した。

いま江戸城本丸御殿の中で、最も緊張の極にあるのは、おそらくこの目付部屋であろう。浜松藩主の水野忠邦《ただくに》がいかなる人物か、大名家と旗本家を問わず、広く知られているところである。

水野忠邦は肥前《ひぜん》唐津《からつ》藩六万石の大名だった。出世欲がことさら強く、

（幕府の中枢《ちゅうすう》に登りつめたい）

思わぬ日はなかった。ようやく得た奏者番《そうじゃばん》もいまある寺社奉行の地位も、猛然《もうぜん》たる猟官《りょうかん》運動の果実であり、いわば金で買ったようなものだった。それも鼻ぐすりを嗅《か》がせる程度のものではない。動くのは一万石や二万石程度の大名家の領地なら、そっくり買い取れるほどの額である。実際に、買い取った。それが表高六万石の遠江浜松藩だった。

唐津藩も六万石で、おなじ六万石の浜松藩への国替えが、なぜ猟官運動の果実なのか……。唐津藩は海産や交易の収入が多く実高二十五万石といわれ、浜松藩は実高十五万石だった。まるでみずから減封《げんぽう》を願い出たようなものだった。

唐津藩には長崎《ながさき》警備の重責があり、したがっていかに猟官運動をしようとも江戸おもての中枢の役務を得ることはできなかった。だが浜松藩は神君家康《いえやす》公ゆかりの地であり、徳川幕府の中枢で地位を得るにはのどから手の出るほどの国だった。当然、当時の浜松藩主はその領国を、たとえ十万石二十万石積まれようと、国替えなど願うはずがない。

ところがあるとき突然、水野忠邦に幸運が飛び込んで来た。

そのときの浜松藩主を井上正甫《いのうえまさもと》といった。ある日、信濃高遠《しなのたかとう》藩の藩主内藤頼以《ないとうよりもち》から、内藤新宿《しんじゆく》にある下屋敷での小鳥狩りに招かれた。正甫は狩りに夢中になり、となりの千駄ケ谷《せんだがや》村に迷いこんだ。たまたま見つけた百姓家に入ると、若い女房が一人で留守番をしていた。欲情をもよおした正甫は女房を押し倒した。そこへ亭主が戻って来た。亭主は驚き、女房を押し倒していた正甫を天秤棒で殴りつけた。正甫は抜刀して亭主の片腕を斬り落とし、家臣に後始末《あとしまつ》を命じその場から逃げた。うわさはやがて江戸市中に広がり、おクマもおトラも耳にし憤《いきどお》るとともに大名の行状を嗤《わら》ったものだった。

それからである。井上正甫の行列が登城のため市中を進むと、沿道のあちこちから、

「――いようっ、淫乱《いんらん》の殿さまっ」

「――百姓女のお味はいかがでしたかい」

と、声が飛んだ。

城中でも大名や旗本たちの目は冷ややかだった。

これが市井《しせい》に根を張っている徒目付を通じ、将軍家の耳に入らぬはずがない。

やがて井上正甫は陸奥《むつ》棚倉《たなくら》藩六万石へ懲罰的転封《ちょうばつてきてんぽう》となった。石高はおなじ六万石だがあくまで表高であり、実高はそれに満たなかった。

ここに水野忠邦にとって垂涎《すいぜん》の的《まと》だった浜松藩に空《あ》きができた。これまでの運動が奏功し、水野家が浜松藩に入ったことは言うまでもない。三年前の文化《ぶんか》十四年（一八一七）のことである。

「――千駄ケ谷の一件さ、水野の殿さんが仕組んだんじゃないのかい」

当時、巷間《こうかん》でささやかれたものだった。

もちろん仁左こと大東仁左衛門も、羅宇竹のすげ替えに入った武家屋敷でそれを聞き、世間話として青山欽之庄に話し、

「――あるいは」

と、冗談交じりに話したものだった。忠邦が幕閣である寺社奉行の地位を得た

のも、この年のことだった。

以来、水野忠邦の猟官運動はますます激しさを増し、国おもての城代家老の黒岩藤右衛門は、新たな領国での年貢を厳しくし、商人からは法外な冥加金《みようがきん》を取立て、主君の猟官運動の資金づくりに奔走《ほんそう》した。加えて江戸留守居の大垣俊之助の役務は、それをどう効率的にばら撒《ま》くかがもっぱらとなった。

そこへ国おもての若侍らが、水野忠邦へ直訴に及ぼうとしている。

目付部屋で、青山欽之庄は思案顔で言った。

「どうやら国家老と江戸家老が結託し、あるじの目を盗んで私腹を肥やしておるのかのう。あの主君にこの家来ありというところか」

「殺されかけた若い藩士こそ、憐《あわ》れでございます」

「ふむ」

青山はうなずき、

「実はなあ、さっきそなたが言った御使番の菅野直次郎どのだが、市井での探索をもっぱらにしているそなたには話しておらなんだが……」

と、菅野家の事情を語った。

それによると、つい最近のことらしい。代々御使番の菅野家で代替りがあり、直次郎が家督を継いだという。

「ところが直次郎の行状が悪うてのう。とくに女ぐせが悪いらしい。屋敷内でも町場でも旗本にあるまじきふるまい有之《これあり》として、千二百石の家禄がおよそ半分の七百石に減じられ、役務も御使番見習いに下げられたのだ」

「ほう、さようなことがありましたのか」

「そこで直次郎どのは各方面に賄賂《まいない》を包み、せめて禄高か役務を以前とおなじにしてもらいたいと働きかけたが、いずれも聞き入れてもらえなんだ。それが昨年暮れまでのことでのう。年が明けてから、身を清め心機一転のため一泊二日で初大師参りに出向くとの届けがあったそうな」

「それが四、五日もかかっております」

「そこよ。そなたの話を聞けば、川崎でなにやら不測の事態があり、浜松藩の若い藩士に係《かか》り合《お》うたものと思われるのう」

「おそらく」

「それも探索せよ」

「御意」

と、きょうの目付部屋は下知《げじ》する者にもされる者にも、早くも状況掌握《しょうあく》に収穫があったようだ。

大東仁左衛門がふたたび百人番所の前の坂道を下り、町場に出て羅宇屋の仁左に戻ったとき、ちょうど陽が中天を過ぎた時分になっていた。

二

その日、一日中、浜松藩水野家の中屋敷近くに竹馬を据えた宇平が夕陽を受けながら戻って来て、お沙世の茶店の縁台に、

「ふーっ」

と腰を落とし、ひと息ついた。

忠吾郎と仁左がそこにいた。仁左は午後に町場をながし、肩から羅宇屋の道具箱を外したところだった。お仙もいた。お仙とお沙世は代わるがわる宇平の竹馬を見に行っていた。

「これといって、怪しげな動きはありませんでしたじゃ」

宇平が言えばお仙も、

「水野屋敷からもお女中が二人ほど出て来ましたが、きわめて一般的な世間話だ

けでした。詳しくはやはりお屋敷の中に入らねばならないようです」
「あの二人組のお侍も見かけませんでした。詳しくはやはりお屋敷の中に入らねばならないようです」

と、お沙世も言って仁左に視線を向けた。
「ならば、あしたにでもあっしが裏門の潜《くぐ》り戸を叩いてみやしょうかい」
「それもいいが、仁左どんはきょう武家地をまわらなんだかな。御使番の菅野家について、なにかうわさは聞かなんだかなあ」

仁左が応えたのへ忠吾郎がつないだ。きょう午前、仁左がいずれに行っていたか気づいているような口ぶりである。

一同は重大な話を、動きの慌《あわ》ただしくなった街道の縁台で話している。相州屋に係り合う面々が、縁台で秘密めいた話をしているなど、誰も想像しない。だから一同は外で話しているのだ。立ち聞きする者もいない。この面々が相州屋の居間に上がって膝詰《ひざづめ》などすれば、それは策を定めそれこそ隠密裏に動き出したことを意味する。

仁左は忠吾郎の問いに応えた。
「へえ、聞きやしたよ」

と、たまたま入った武家屋敷の裏庭で、たまたま聞いたようなふうを拵《こしら》え、菅野家が代替りで禄も減らされ役務も降格され、当主の直次郎がいたく腐っているらしいとの話を披露《ひろう》した。

忠吾郎はうなずき、お沙世が、

「あのお侍さん、そんなふうには見えませんでしたけど。奉公人思いのお方で、手負いのお人をともなわれたのも、優しさからだと思いますが」

「ならば、お沙世さん。それを水野屋敷のお人が探索しているらしいのは、どう説明しますか」

お仙が険《けん》のある口調で返した。

「だから気になるんじゃないですか」

お沙世が言い返し、

「そう、気になる。旦那、もうすこしようすを見やしょうかい。あっしは武家屋敷を中心にまわってみまさあ」

仁左が二人のあいだに割って入り、忠吾郎に視線を向けた。

「ふむ、それがいい。わしも鳥居屋敷にみずから行くよりも番頭の正之助を遣《や》って、菅野家について探りを入れさせてみよう。そのほうが自然だろう。宇平どんはいましばらく水野屋敷の周辺を張ってくれ」

忠吾郎が仁左の視線に応じ、当面やるべきことを話したところへ、

「あらら。これは皆さん、おそろいで」

「あたしらもちょいと」

と、おクマとおトラが帰って来た。

話はちょうど一段落ついたところだったが、

「ちょいと、お沙世ちゃん。ここでも話題にならなかった？　直訴の話さ」

おクマが言ったのへ、

「街道筋じゃいまかいまかと待ち構え、ご大層《たいそう》なお武家のお駕籠《かご》が通ると、それだけでみんなの目を引きつけているよ」

と、おトラが巷間で聞いたうわさを語った。きのうとおなじである。

「いったい、どこの藩でどんなお百姓さんなんだろうねえ」

「そう、その場で手討ちなんて、可哀相だよう」

と、はたして直訴のうわさはまだながれつづけており、しかも定番どおり年貢がらみのものと、衆目《しゅうもく》は思いこんでいるようだ。

（それでいい）

忠吾郎と仁左は目でうなずきを交わした。衆目が事態の核心に迫ったのでは、かえって自然なかたちで探りが入れにくくなる。水野家はまだ、菅野直次郎が井出七郎太をかくまっていることに気づいていないのだ。

翌日午前、忠吾郎は番頭の正之助を、

「いいか、菅野直次郎は鳥居家から見れば同輩だ。あくまで口入《くちい》れの仕事を中心に、探りはそれとなく訊く程度にするのだ。深く訊きすぎ、内容が重大事だったとき鳥居家に迷惑がかかってはならんからなあ」

と、番町に遣《つか》わした。

正之助は相州屋旗揚《はたあ》げ以来の番頭で、口入れ稼業の熟練達者である。だから忠吾郎は安心して、相州屋の運営を任せておくことができるのだ。忠吾郎は日ごろから、この貴重な番頭を裏走りに使うのを避けていた。だがこたびは、対象の菅野家が、相州屋とは昵懇《じっこん》の鳥居家の同役であり、拝領屋敷もおなじ番町とあっては、ちょいと頼りにしないわけにはいかない。

仁左も朝から羅宇竹の音を水野屋敷の周辺に響かせ、うまく裏庭の縁側で店開きすることができた。地元ということもあってこれまで幾度か入り、邸内には常連のお得意さんもいる。それらは仁左がすぐそこの相州屋から来ていることも知っており、いつもの商いと変わりはない。探りを入れるには至便である。宇平もきのうに引きつづき、ときおり場所は変えながら水野屋敷の近くに古着の竹馬を据えた。


午《ひる》にはそれらの結果が、つぎつぎと相州屋に集まった。

番頭の正之助は午前《ひるまえ》に番町から戻って来ると、店場の帳場格子の奥にいた忠吾郎とその場で話し、寄子宿《よりこやど》にいたお仙もそこに呼ばれ同座した。お仙は武家との揉め事が発生したなら、重要な戦力になる一人なのだ。

「お絹さんは元気に奉公していて、お屋敷での評判もよく、おかげで女中頭《じょちゅうがしら》の嬉野《うれしの》さまとも筆頭用人の林平兵衛《はやしへいべえ》さまともお会いできましてなあ」

正之助は満足そうに言い、口入れの新たな話はなかったが、奥の部屋でお絹を交え四人でしばし歓談したらしい。

「そのときに菅野直次郎さまの件を、軽い話題として出しましたじゃ」

さらりと探りを入れるには最適なやり方である。

「驚きましたよ。名を出すだけで林さまも嬉野さまも、さらにお絹さんまで嫌な話を聞くような表情になりましてなあ」

そのとき、

「――相州屋さん、あそこへの奉公人の口入れを考えておいでなら、悪いことは言わぬ。よしなされ」

「――そのとおりです。とくに女中はなりませぬぞ」

林が言えば即座に嬉野もつないだという。二人はどうやら、相州屋が萱野家から奉公人の口入れを依頼されたと思ったようだ。

聞けば、情況は仁左がきのう縁台で、武家屋敷で聞いたとして忠吾郎に語ったとおりで、禄を削られたのも、家督を継いだものの役職を〝見習い〟に落とされたのも、すべて直次郎の身持ちの悪さと女癖の理不尽さが原因らしい。

お絹も腰元仲間からうわさを聞いているのか、

「――代々御使番の家柄で、家督を継ぎ三十路《みそじ》になったいまも独《ひと》り身《み》で、女からみれば玉《たま》の輿《こし》ゆえ、騙《だま》された腰元や町娘は数知れず、そのため自害した女《ひと》もいるとか」

大げさではないようだ。お絹の話に嬉野はうなずき、林平兵衛などは、

「――これはあくまでうわさじゃが、屋敷内で殺された女もいるらしいのじゃ」

と、低声《こごえ》になって眉をしかめたものだった。

林平兵衛も嬉野もお絹も、相州屋のためを思い、そこまで言ったのだ。

正之助は驚き、そこで菅野家の話は終わりにしたという。

「屋敷は鳥居さまのお屋敷の近くで、帰りに場所は確かめておきました。千二百石が七百石に削られ、役務への加算もなくなったとなれば、あのお屋敷で以前の体裁《ていさい》を保つとなれば、内所は相当厳しいものと思われます」

正之助が自分の判断もまじえて締めくくると、不意にお仙が、

「やはり菅野直次郎、お沙世さんは逆の見方をしているようですが、手負いの若い武士をかくまったのは、なにか企《たくら》みがあるからと思われます。わたくしを菅野家の腰元に口入れしてくださいまし」

正之助は驚いたが忠吾郎は、

「ふむ」

うなずいた。お仙もなかなかの美形である。直次郎が実際に身持ちの悪い男なら、お仙が腰元として屋敷に入ったその日から食指《しよくし》を動かすかもしれない。するとお仙なら、即座に菅野屋敷の内情を探り取り、その場で直次郎を成敗しかねない。そこに忠吾郎はうなずいたのだ。

「その日が来るかもしれんなあ」

忠吾郎が言ったところへ、仁左が羅宇竹の音とともに戻って来た。

お沙世が、

「お爺ちゃん、お婆ちゃん。ちょいと縁台のほうもお願い」

と、暖簾《のれん》の奥に声を入れるなり仁左を追うように、前掛姿のまま寄子宿への路地に走った。

路地を入れば相州屋の裏庭と寄子宿である。仁左は裏庭に面した縁側に背の道具箱を下ろし、座の中心はこのほうに移った。そこへお沙世も加わった。お仙は武家娘らしく縁側でも端座《たんざ》し、仁左とお沙世に聞かせるため、さきほどの正之助の話をくり返した。お仙の言いようは、正面からお沙世の菅野直次郎への見方を否定するようだった。お沙世はいくらか不快感を覚えたが、仁左はうなずきながら聞いた。お仙が話し終わり、

「そういうことだ。正之助の見聞だから、間違いはあるまい」

と、忠吾郎が締めくくるように言うと、

「そりゃあ、なによりの聞き込みでやしたねえ。さすがは番頭さんだ」

と、仁左はきのう目付の青山欽之庄から聞かされた内容が正確で、さらに〝旗

本にあるまじきふるまい〃も事実らしいことに満足を覚え、

「あっしのほうもありやしたぜ。きょう午前中はずっと水野の中屋敷でやしたが、どのご家中もあっしが相州屋から来ていることを知っていなさるはずなのに、こっちの動きを訊こうとするお人はおりやせん。むろん、あっしのほうから直訴の話など出しやせんでしたがね」

仁左の報告はそれだけだった。お仙もお沙世も物足りなさそうな表情だったが、

「ふむ。それはいい」

忠吾郎は大きくうなずいた。

仁左の報告の意義は小さくない。水野家では秘かに緊張しているはずである。ところが相州屋になんの関心も示していない。ということは、水野家は菅野直次郎が屋敷とは目と鼻の先の相州屋で井出七郎太を町駕籠から権門《けんもん》駕籠に移し替え、番町の旗本屋敷に連れ帰ったことに気づいていないことになる。相州屋にまったく疑惑の目を向けていない。それだけ相州屋は動きやすいことになる。そこに忠吾郎はうなずいたのである。

宇平の報告もおなじだった。水野家の中屋敷に慌ただしく人の出入りするよう

すはなく、水野家の者が宇平に札ノ辻のようすを訊くこともなかった。

それからも仁左は近辺の武家屋敷を精力的にまわり、宇平は札ノ辻の近場に場所を変えながら古着の竹馬を据えた。

おクマとおトラは相変わらず〝直訴〟のうわさを持ち帰った。なおもそれは広く流布《るふ》され、諸人《もろびと》の関心を集めているようだ。

三

格式ばった新年の儀式がほぼ終わり、上下を問わずどの武家もホッとひと息つき、心身ともに春の訪れを感じるのは、如月《きさらぎ》（二月）に入ってからである。その朔日《ついたち》だった。陽が西の空にかたむきかけた、夕刻というにはまだ早い時刻に、

「ちょいとおトラさん、待ってよ」

「早く。茶店ならきっとうわさはつかんでるよ」

太めのおクマが息せき切った口調で言ったのへ、細めのおトラがふり返り、小走りのまま返した。

気づいたお沙世は、

「えっ」

低声を上げ、〝直訴〟になにか具体的な動きがあったか、

(それとも、別のうわさ?)

期待を持ち、街道のながれに足をもつらせながら走り寄る二人を待った。

縁台に崩れこんだ二人は、

「ねえねえ、聞いた? 教えておくれよ」

「直訴じゃなくって、もっと別のうわさがさあ」

競うように言った。

「直訴じゃなくって、なにをそんなに」

お沙世は言いながら茶を淹《い》れた。

ひと息入れ、おクマが言う。

「なんだかわからないけど、大変なことになってるからって」

「公方《くぼう》さまが、諸国見廻《みまわ》りのご使者を、全国にお出しになるらしいって。それで、なんでもいいからうわさを集め、知らせてくれって頼まれたのさ」

おクマの言葉におトラがつづけた。二人は魚籃坂下《ぎょらんざかした》の黒鍬組《くろくわぐみ》の武家地に入り、

逆に頼まれたらしい。

「それをあした、伝えに行かなきゃならないんだよう」

おクマが真剣な表情で言う。

黒鍬組とは江戸城掃除《そうじ》番で、禄は組頭《くみがしら》をのぞき百石を下まわる者たちばかりだから、屋敷は白壁ではなく板塀である。だがおクマやおトラには、大事な顧客である。町場や武家地を問わず、ながれているうわさのやりとりは、お得意さんをつなぎとめるための大事な手なのだ。

お沙世は聞いてすぐに解した。かつてこの黒鍬組の屋敷に嫁《とつ》ぎ、子をもうけず出戻って来たのだ。だからその内情には詳しい。

柳営《りゅうえい》（幕府）の諸国見廻りなど、そう滅多にあることではない。あれば従者として黒鍬組の者が動員されることもある。諸国の城のようすを見るのに、庭のすみずみや石垣の奥にまで手入れが行きとどいているか検分するのに、黒鍬組の目も必要なのだ。

黒鍬（掃除）以外の役務につけば、そのときだけだが臨時の扶持米《ふちまい》がつく。微禄の下級武士にとってこれは大きい。だから板塀に囲まれた黒鍬組の質素な屋敷の勝手口に入れば、家人らから他にもうわさが出まわっていないか訊かれたのだろう。広く出まわっていたなら、それだけ見廻りの使節団派遣のうわさは事実に近いということになる。

「えっ。そんなこと、初めて聞きます」

お沙世は言った。茶店にながれるうわさは、大八車や荷馬の人足たちがもたらすものだから、街道筋の話がおもで町場や武家地のものはかえって少ない。

「そうなの」

と、おトラががっかりした表情になったところへ、

「おっ、おクマさんにおトラさん、帰《けえ》ってたかい。ちょうどよかった」

と、仁左が羅宇竹の音とともに戻って来た。これもいつもより早い。

「聞いたかい」

「えっ、仁さんもかね」

仁左が言ったのとおクマの返したのがほとんど同時だった。仁左もきょう、羅宇竹を商《あきな》った武家屋敷の裏庭で聞いたのだ。おなじ三田にある筑後久留米《ちくごくるめ》藩有馬《ありま》家の上屋敷と、伊予松山《いよまつやま》藩松平《まつだいら》家の中屋敷だった。磨《みが》いた雁首《がんくび》に新たな羅宇竹を挿《さ》しこんでいるとき、双方の家士からまったくおなじことを訊かれた。ちなみに羅宇竹の新調は、羅宇屋にとって最も利のある仕事である。

午前は筑後の有馬家だった。羅宇竹をならべた縁側に出て来た家士の一人が、手に取ってそれぞれに異なる自然の紋様《もんよう》を見つめながら、

「——そのほう、こうして各屋敷をまわっていると、大名家にまつわるいろいろなうわさも耳にするであろう」

「——へえ、それはもう。お女中衆の評判なども」

仁左は座がやわらぐように応えた。

「——そのような浮《うわ》ついた話ではない」

家士は叱るように言い、そこに出した問いが、巡見使《じゅんけんし》の話だった。つまり、おクマとおトラが言っていた諸国見廻りの使節である。

巡見使が諸国に派遣されるのは、将軍家の代替りのときだけである。現在《いま》は十一代家斉《いえなり》将軍の世であり、代替りの話など聞いたことがない。巡見使などの話が出ること自体が奇異である。

ところが、

「——家斉公がお就《つ》きあそばしてからすでに三十三年、このあたりで綱紀引き締めということで、幕閣のあいだから……」

その話が出たというのだ。うなずけないことはない。しかも、うわさはそれだ

けではなかった。

巡見使には代々御使番の役務にある旗本が就くが、その役務には常時三十人前後がいた。若年寄による発遣令《はっけんれい》とともに、それぞれの分担が発表される。だが、その一部が事前に洩《も》れたらしい。それも、

「――駿河《するが》、遠江《とおとうみ》、三河《みかわ》の諸藩への正使はわからぬが、副使には御使番見習いの菅野直次郎どのが内定しているらしい」

というのである。

聞いたとき、仁左は仰天した。むろん、それをおもてにあらわすことはない。有馬家の家士にすれば、知りたいのは筑後に派遣されるのは誰かである。洩れている具体的な名を出せば、羅宇屋ならそれを手掛かりに他藩の屋敷で聞き出して来るかもしれないとの期待があったのだろう。

「――まあ、巡見使さまのうわさは町場でも聞きやしたが、どなたがどこにというのまでは……。耳に入《へえ》りやしたらお知らせいたしやしょう」

仁左は応えた。

それが松平家の屋敷でも、まったくおなじ光景が展開されたのだ。異なるところは、松平家では伊予には誰が……という件《くだり》である。

藩政に不手際のある藩、内紛のある藩などは、巡見使の報告次第ではお取り潰《つぶ》しになるかもしれない。取り潰されなくとも、領地の削減や懲罰的転封に遭うかもしれない。前浜松藩主の井上正甫《まさもと》などは、巡見使によらずとも〝大名にあるまじき所業〟で転封され、隠居までさせられたのだ。

各大名家ではいま、差配の若年寄やその周辺にしきりと探りを入れていることだろう。とくに遠江浜松藩水野家では、いま若手藩士による主君への直訴がおもてに洩れかけている。加えてどこからどう洩れたか、副使が御使番見習いの菅野直次郎とまでは判《わか》っている。いまごろどの藩もともかく菅野屋敷へと、二重底のずしりと重い菓子折りの用意をしていることだろう。

それらを思いながら仁左は札ノ辻への帰途を急いだのだ。おクマやおトラも町場で似たようなうわさを拾っていたなら、それこそ巡見使のうわさは本物に近づくことになる。

そこで二人は、町場ではないが魚籃坂下の黒鍬組の組屋敷で、さらに詳しいうわさをと頼まれたのだ。

仁左は言った。

「それなら俺も聞いたぜ。なんでも江戸から諸国見廻りの人が出るらしいなあ。

詳しいことは知らねえ」

それだけだった。話せば巡見使のなんたるかから説明し、菅野直次郎の名まで出せば、これまで初大師からの経緯までも話さなければならない。面倒を避けたのではない。お沙世の茶店と相州屋が直接係り合っているのだ。おクマとおトラに話せば、あしたにもそれは浜松藩水野家の中屋敷に伝わり、茶店にも相州屋にも浜松藩士が入り、なかば藩の制圧下に置かれるかもしれない。向後《こうご》の動きがまったくできなくなるのだ。

「えぇえ！　仁左さんも聞いたんですか」

と、お沙世は驚きの声を上げた。

おクマとおトラは仁左も聞いていたというだけで、満足そうに寄子宿に戻って行った。

お沙世には伝えておきたかったが、

（あしたの朝にでも）

思いながら路地におクマとおトラのあとを追った。

相州屋の裏庭に面した縁側で、忠吾郎には筑後久留米藩と伊予松山藩で聞いた内容を洩らさず話し、

「大旦那から、なにかつなぎは入《へえ》っていやせんかい」

問いを入れた。仁左が忠吾郎に詳しく話したのは、その方面の話を聞きたかったからである。忠吾郎は真剣な表情で応えた。

「まだだ。したが、なんでそんなうわさが。どうもわからねえ」

「あっしもで」

仁左は返した。

〝大旦那〟とは、北町奉行の榊原主計頭忠之《さかきばらかずえのかみただゆき》のことである。相州屋忠吾郎の、本名というより以前の名は、次男で官位などないが、榊原忠次《ただつぐ》だった。

榊原家は七百石の三河以来の旗本である。忠次は二十歳《はたち》のときに格式ばった武家の生活《たつき》を嫌って出奔《しゅっぽん》し、渡世人となって諸国に股旅《またたび》をつづけた。そのときにみずから付けた新たな名が忠吾郎である。

やがて東海道の小田原で一家を張った。そこで喰いつめ者が江戸にながれ、さらに崩れて行く姿を幾例も見聞きした。それらを一人でも救ってやりたいと一家を子分に譲り、十年前に江戸へ舞い戻って暖簾を出したのが、札ノ辻の人宿・相州屋なのだ。

開いてから知ったのだが、兄の忠之は北町奉行になっていた。再会したとき、兄弟ともに驚いたものである。

その北町奉行・榊原忠之からのつなぎを、忠次こと忠吾郎は〝まだだ〟と応えた。ということは、忠吾郎も北町奉行の兄・忠之からのつなぎを待っていることになる。きっとなにやら裏があるはずだ。初大師以来の全体のながれに、なにやら人為的なものが加わっているように思えるのだ。

夕刻近くに竹馬の天秤棒を担いで帰って来た宇平の報告は、

「水野屋敷では、表門も裏門も、いつもより人の出入りが多く、権門駕籠の出入りもありました」

であった。行列は組んでいなかったというから、家老あたりの駕籠であろう。

裏庭で話を聞いたお仙は、忠吾郎に再度言ったものである。

「やはりわたくしが腰元になって、萱野屋敷へ。それとも、水野屋敷へ」

「まだその時期ではない」

忠吾郎は返した。

この日、水野家中屋敷を出た権門駕籠には江戸留守居の大垣俊之助が乗っていた。行く先は、尾《つ》けずともすぐに判った。北町奉行所だったのだ。

水野家留守居役の突然の来訪を受けた榊原忠之は驚いた。六万石の留守居役の来訪とあっては、会わないわけにはいかない。忠之は威儀を正し、奉行所の奥座敷で迎えた。

水野家としては、あまり目立ってはならない。だから動きの拠点を江戸城内の上屋敷ではなく、三田の中屋敷にしたようだ。

忠之は留守居役の大垣俊之助から来意を聞き、言った。

「当方は町場が担当ゆえ、その範囲においてならできるだけ合力《ごうりき》つかまつりましょう」

「それでじゅうぶん。来たかいがござった」

と、大垣は満足げな表情になった。巡見使も町奉行所も若年寄支配である。そのあたりから判ることもあろう。そこに水野家は期待しているようだ。

帰りに大垣俊之助は菓子折りをそっと差し出したが、忠之は頑《がん》として受け取らなかった。そこだけが大垣にとっては勝手が違ったようだ。

このあとすぐだった。北町奉行所から使いの者が札ノ辻に走った。

# 四

翌朝、仁左はおクマやおトラよりも早めに寄子宿を出た。きのうの件をお沙世に話しておくためだった。聞かされたお沙世は、

「えっ。あの菅野さまが！」

と、驚きの声を上げたものである。

きょうから宇平は忠吾郎に言われ、水野屋敷の近辺から離れることになっていた。水野屋敷が相州屋に疑いの目を向けていない以上、相州屋もそれに応じ、水野屋敷に関心のあることを微塵《みじん》も覚《さと》られてはならないからだ。

仁左もお沙世に言った。

「俺も再度入《へえ》りてえところだが、別のお大名家の屋敷をまわることにしたのよ」

「忠吾郎旦那、いよいよ本腰を入れなさるんですね。でも菅野さま、どう係り合っていなさるんでしょうねえ」

と、お沙世はいつもの笑顔を消し、商いに向かう仁左の背を見送った。

仁左は実際、もう一度水野屋敷に入りたいのを堪《こら》え、近くの大名屋敷をまわっ

た。入れば裏庭の縁側にじっくり腰を据えられるのが、羅宇屋の強みである。

三田界隈に大名家の中屋敷や下屋敷は多い。きのうにつづき午前中だけで二箇所、腰を据えることができた。結果はきのうの有馬家や松平家とおなじだった。出るのは巡見使の話である。まわったなかに水野家のように、菅野直次郎が副使になると〝判明〟している駿河、遠江、三河の大名家のないのが、仁左にはなんとも歯痒《はがゆ》く残念なところである。

昼八ツ（およそ午後二時）、仁左の姿は街道筋で増上寺の手前、金杉橋の小料理屋・浜久《はまきゆう》にあった。忠吾郎も一緒である。

亭主はお沙世の兄の久吉《ひさきち》で、女将《おかみ》は義姉《あね》のお甲《こう》であり、忠吾郎や仁左には気心の知れた談合の場である。

きのう夕刻に相州屋へ北町奉行所からつなぎがあったのは、うわさの巡見使の件だった。来たのは、老いた屋台のそば屋がはまり役の岡っ引の玄八《げんぱち》だった。

「——あした、金杉橋にお願《ねげ》えいたしやす。当方からは大旦那と染谷《そめや》の旦那とあっしが出やす」

口上はそれだけだった。いつものことである。大旦那とは北町奉行の榊原忠之のことであり、相州屋の旦那や同心の旦那と区別するため、大旦那と呼称しているのだ。染谷の旦那とは忠之が最も信を置いている隠密廻り同心の染谷結之助《ゆいのすけ》である。常に着ながしで遊び人の風体《ふうてい》を扮《こしら》えている。理由は、遊び人なら腰に脇差を帯びていても奇異ではないからだ。もちろんイザという時にそなえ、十手《じって》は常にふところに忍ばせている。染谷と玄八も同席するということは、仁左にも同席せよとの意味であった。

遊び人の染谷とそば屋の玄八爺さんが浜久に入ったとき、すでに相州屋忠吾郎と羅宇屋の仁左は部屋で待っていた。

この顔触《かおぶ》れのいずれかが来たとき、女将のお甲はいつも一番奥の部屋を用意し、手前の部屋を空き部屋にする。即座にそれができるのは、昼八ツなら昼の書き入れ時がすんだあとだからだ。だから一同にとって〝あした〟と言えば、あしたの昼八ツ時分ということになる。手前のひと部屋を空けておくのは、盗み聞きを防ぐためである。それに東海道の金杉橋は、北町奉行所のある呉服橋《ごふくばし》御門と相州屋の札ノ辻のほぼ中ほどなのだ。

待つほどもなく、忠之もいつもの深編笠《ふかあみがさ》に着ながしの腰に大小を差した、一見裕福そうな浪人の扮《こしら》えで浜久の玄関に立った。いつも顔を外にさらさないように、暖簾をくぐってから深編笠をとる。お忍びである。

浪人と遊び人と屋台のそば屋に、相州屋の旦那と羅宇屋といった奇妙な組合せに、浜久の仲居たちは首をかしげ興味を持ったものだが、女将のお甲が、

「——お客さまを詮索《せんさく》するのではありません」

と、たしなめてからは、膳を運ぶ以外は部屋に近づかないようにしている。

部屋の中では、染谷も玄八もあぐらを組んでいる。同心と岡っ引が奉行の前であぐらを組むなどおよそ考えられないことだが、浜久では忠吾郎と仁左もあぐら居である。それぞれの扮えから、そのほうがお互いに話しやすいのだ。それにこの顔触れのあいだでのみ、忠之と忠吾郎の間柄は承知されている。むろん、他に洩らしてはならないことと認識されている。

忠之が口を開くまえから、面々はきょうの用件を承知していた。忠之が座に着くなり忠吾郎のほうから、

「相州屋はもうすっかり、係り合うておりやすぜ。奉行所が水野や菅野にどれだけ係り合うているのか、さあ、聞きやしょうかい」

と、口火を切ったものである。かたわらで仁左が大きくうなずいていた。早く奉行所のつかんでいる内容を知りたいのだ。

「ほう、さすが相州屋だ。かなりのことを押さえておるようだなあ」

忠之は感心するように返し、

「実はな、きのうのことだ」

と、水野家の江戸留守居が来て、頼みごとをしていったことを話した。大垣俊之助にすれば、まさかこのようなところで話されるなど、想像もしていないことだろう。

大垣は、すでに出まわっている巡見使のうわさが本物かどうか、それに遠江を巡検する副使が菅野直次郎というのは事実なのか、またそれらがどこからどうやって洩れたのか、奉行所で探索してもらえぬかと依頼したのだった。そこに忠之は、一定の範囲内で合力しようと応えたのだ。

「そのためには、町場で合力してくれる者が必要ゆえなあ。そこできょう、そなたらにご足労を願ったのじゃ。で、さきほど忠次は〝もうすっかり係り合うている〟などと言うておったが、どういうことかな」

忠之は気になるのか逆問いを入れ、染谷と玄八も忠吾郎と仁左を交互に見つめた。これまで染谷と玄八は幾度も相州屋と合力しており、とくに仁左とは阿吽《あうん》の呼吸で何事も進められるほどである。

「川崎の初大師の前日だった。ほれ、相州屋《うち》の向かいの茶店になあ……」

と、コトの起こりから忠吾郎は詳しく語り、

「それで、きのうときょうでやすよ」

と、仁左が松平や有馬など大名家の屋敷に羅宇屋の商いをかけたことを話し、

「水野家は目と鼻の先なので、手は入れやすうございやす。きょうにでもまた裏門を叩いてみやしょうかい」

「いや、こたびの標的はその大名家の水野家と旗本の菅野家になりそうだ。いまからじゃ、けえって手をつけねえほうがいいんじゃねえのかい。もうすこしようすをみてからにしちゃあ」

伝法《でんぽう》な口調で言ったのは染谷だった。それぞれがいまの身なりにふさわしいもの言いになっている。

一同はこの談合でこれまでの経緯を共有すると、

「巡検使のうわさに直訴の話がからんでるなんざ、浜松藩六万石のお殿さま、きっと脛《すね》に瑕《きず》がありやすぜ。そこに旗本の菅野直次郎さままですかい。どうからんでいなさるのか……おもしれえ」

言ったのは岡っ引の玄八だった。

もとより事態は町場の岡っ引はおろか、町奉行所や一介の口入屋《くちいれや》が手を出せる

ものではない。それを一同は百も承知で談合している。だが、玄八の言ったことは、まさしくここに鳩首《きゅうしゅ》した一同の関心事となったのだ。

忠之がいくらか皮肉を含んだ口調で言った。

「儂《わし》の役務からは外れるが、それを探らぬことには、水野家御留守居役のご要望に応えられんでのう」

「そうそう、お奉行。そのご要望の巡見使の派遣てのは、本当なんですかい」

仁左が問いを入れた。忠吾郎も訊きたいところである。

忠之は応えた。

「若年寄は内藤紀伊守信敦《ないとうきいのかみのぶあつ》さまじゃが、ご当人からもその周辺からも、さような話は聞いたことがない。まして菅野直次郎なる御使番見習いが遠江あたりへの副使に内定？　いったい、なんじゃやそれは。水野家じゃ正使も割り出して付届けをしたいところじゃろが。まったく、わけがわからん」

その〝わけがわからん〟ところを探るのが、一同の当面取りかかろうとしている内容であり、それが水野家の要望でもあるのだ。

仁左が問いを入れるように言った。

「したが、駿河、遠江、三河に領地を持つ大名家など、いまごろ競うように菅野屋敷へ菓子折りを届けておりやしょうなあ」

「さよう。水野家が儂のところにも持って来たようになあ」

「えっ。で、お奉行はそれをどうなされやした」

「ふふふ。留守居の大垣俊之助め、突き返されすごすごと収めおったわ。したが部屋を退出するとき、要請した件、お忘れなくと念を押しおった。なかなか忠義の士よ」

座にホッとした空気がながれ、向後の役割分担が話し合われた。忠之はさらに若年寄に問合せ、染谷と玄八と仁左は菅野家をさぐりながら、うわさの出処《でどころ》を追うことになった。

帰りは玄八が裏の勝手口から出て、そこに置いてあったそば屋の屋台を担ぎ、街道に出た。仲居が、

「そのお歳で屋台を担ぐの、大変でしょうねえ」

いたわるように声をかけていた。仲居はむろん女将のお甲も、玄八がまだ三十《みそ》路《じ》を超えたばかりの働き盛りであることに気づいていない。お沙世は気づいているが、質《ただ》すような野暮なことはしない。

よたよたと屋台を担いで街道に出た玄八は、きょうからさっそく番町に出向

き、菅野屋敷の周辺で商う。仁左と染谷が表玄関から出て、すぐに別れた。染谷は番町で玄八の客になり、菅野屋敷を見張る。仁左は札ノ辻に帰り、水野屋敷は避けつつも近辺に羅宇竹の音を響かせる。

部屋には忠之と忠吾郎が残った。

忠之は言った。

「どうだ。仁左はまだ、みずから徒目付の身分を明かさぬか」

「それがまだで。当人は、わしが勘づいていることに気づいているはずなんでやすがねえ」

忠吾郎は兄の忠之と話すときは、ことさら武家言葉になるのを避けている。そのままつづけた。

「ま、そのほうがお互いやりやすいような気がしやすからね。問い質してぷいといなくなっちまったんじゃ困りまさあ」

「そうだなあ。儂も気づかぬふりをしておこう。そのほうがやつも徒目付としての役務を果たしやすかろうからなあ」

以前、忠之は城中本丸御殿の正面玄関前で武士姿の仁左を見かけ、それを忠吾郎に話したのだ。なるほどこれまでの仁左の動きを、町場に忍んだ隠れ徒目付と解釈すれば、一つひとつに合点《がてん》がいくのだった。だが忠吾郎は、当人に質すことはなかった。仁左自身が話すのを待っているのだ。

忠之がさきに部屋を出た。玄関では暖簾の内側で深編笠をかぶり、顔を他人にさらすことなく街道に出る。奉行のお忍びとなれば、やはり用心が必要である。しかも浜久での談合はいつもながら、奉行所の正式な役務から逸脱した内容になるのだった。

いくらか間をおいてから忠吾郎も腰を上げ、鉄の長煙管《ながぎせる》を腰に差した。外まで出て見送る女将のお甲に言った。

「妹御《いもうとご》のお沙世ちゃん、わしらは世直しのつもりだが、ほんとう役に立ってくれておるよ」

「うふふ。それがお沙世ちゃんには嬉しいんですよう。でも、危険な目には遭わせないでくださいね」

「ふむ」

お甲の言葉に、忠吾郎はうなずいていた。

五

陽が西の空にいくらかかたむいている。

仁左と忠吾郎はそれぞれに前後して、札ノ辻へ歩を踏んでいた。

そのころである。お沙世の茶店に異変があった。

縁台でひと息入れていた駕籠屋に客がつき、かけ声とともに去るのを待っていたかのように、

「お助けを！」

二十歳《はたち》は超していようか、三十路にはまだ間のありそうな女が一人、茶店の縁台に崩れこんで来たのだ。矢羽模様《やばねもよう》の着物にきりりと帯を締めた姿は、武家屋敷の腰元のようだ。

お沙世は驚き、

「どうなさいました」

駈け寄り、肩を抱き起こした。

女はそのまま暖簾の奥へ入ろうとする。お沙世もそれを察し、女を抱えこむよ

うに奥へ入った。

「どうしたね、その女《ひと》」

かまどのそばにいた祖父の久蔵が声をかける。

女はすがるように言った。

「追われているのです。すこしでもいいです。かくまってくださいまし！」

「ならば、しばらくここに。おもてからは見えませんから」

言うとお沙世は街道に出て追っ手らしい者のいないのを確認すると、向かいの路地に駈けこんだ。相州屋の寄子宿だ。いま忠吾郎も仁左もいないことは知っている。だが、お仙がいる。追っ手が迫ったとき、人数もどんな相手かもわからないが、ともかくいま頼れるのはお仙だけである。番頭の正之助や下働きの小僧は戦力にならない。

お仙はすぐにお沙世と一緒に出て来た。お沙世はまた左右に目を配り、

「大丈夫みたい」

「お店の中ですね」

言うとお仙も小走りに向かいの茶店に駈けこんだ。やはりお仙の動作は、修練を積んでいるだけあって機敏だ。

「おっとっと。危ねえぜ、姐《ねえ》さんがた」

大八車とぶつかりそうになったのを、さっとかわしていた。

街道にはまだ追っ手らしい者の姿はない。

「さあ、こちらへ」

お仙の差配で、寄子宿の長屋の空き部屋に移った。

お沙世もついて来て、

「ここなら安心ですよ」

と、ともかく女にひと息入れさせた。

番頭の正之助も、何事かとようすを見に来て、

「いずれかの武家屋敷のお女中とお見受けしますが、いかがなされました」

鄭重《ていちょう》に質したのへ、女は応えた。

「わたくし、さる武家に奉公いたしております、瀬緒《せお》と申す者でございます。屋敷の名は、ご容赦《ようしゃ》願いとう存じます」

はたして武家屋敷の腰元だった。名は告げても屋敷名は明かさない、毅然《きぜん》とした態度を見せた。正之助もお沙世も解し、お仙などは、

「それでよいのです」

言ったものである。お家の事情を外には洩らさない……、武家に奉公する者にとって、忠義の証《あかし》である。

だが、お仙はつづけた。

「したが瀬緒さんとやら、理由《わけ》を聞かずば助けようもありませぬ」

「お仙さん、このまま黙ってしばらくかくまってあげれば」

お沙世が優しい口調で言ったのへお仙はふたたび、

「それでは、どのようにいつまでかくまえばよいのか判りませぬ」

二人が言い争いになりかけたところへ、羅宇竹の音が聞こえ、

「どうしたい。お沙世さんの声が聞こえると思ったら。おっ、その女性《にょしょう》は?」

戻って来て空いているはずの部屋をのぞいた仁左は、目鼻立ちのととのった、見知らぬ若い女のいるのに目を瞠《みは》った。

「あら、仁左さん。ちょうどよかった」

お沙世が腰高障子《こしだかしょうじ》のほうへふり返り、経緯《いきさつ》を話そうとすると瀬緒のほうから、きりりとした口調で、

「わたくし、さる屋敷の腰元にて、瀬緒と申します。性格のことさら厳しい奥方さまの悋気《りんき》を買い、殺されかけて屋敷を逃げ出し、その途次ここにかくもうてい

ただく仕儀となったのでございます」

　これにはお沙世もお仙も正之助も驚いた。しかも畳の上に端座して言う瀬緒の視線は、おなじ畳の上に端座しているお沙世とお仙を無視するように、三和土《たたき》に立ったままの正之助と、腰高障子から顔だけのぞかせている仁左に向けられている。親切にかくまったお沙世とお仙にしてはおもしろくない。

「あなた、そんな切羽詰《せっぱつ》まった事情が！」

　お沙世があきれて言いかけたところへ、忠吾郎が外出先から帰って来た。座は母屋《おもや》の居間に移り、正之助は帳場に戻ったが、仁左とお沙世、お仙は同座した。お沙世とお仙はさきほどのながれからついて来たのだが、仁左は早くも瀬緒の挙措《きょそ》に疑念を持った。寄子宿で落ち着いたあととはいえ、殺されかけ命からがら逃げて来たにしては、着物にも髷《まげ》にも乱れはなく、白足袋《しろたび》にも汚れがなく、怯《おび》えたようすもさらになく、毅然としすぎているのだ。

　瀬緒は忠吾郎に淡々と語った。もちろん、寄子宿の住人や向かいの茶店の娘も同座していることを意識してのことだろう。

　それによると、瀬緒は屋敷であるじのお手付きになったという。そういえばいくらかふっくらとして、なかなか男好きのする容姿だ。

お沙世とお仙は顔を見合わせた。

（なるほど、鼻の下の長いあるじなら……）

お沙世とお仙の前だが、忠吾郎と仁左が内心納得したように顔を見合わせた。

瀬緒はつづけた。

「そこで奥方さまの悋気に触れ、他人には話せないような非道《ひど》い折檻《せっかん》を受け、このままでは殺されると思い、すきを見て屋敷を抜け出し、ここまで逃げて来たのでございます。そこを茶店のお人に救われ、ここは人宿でございましょうか、こちらにまでお世話になり……」

ここまで言って、ようやくお沙世とお仙にお礼の言葉を口にした。

「いえ」

と、お沙世とお仙は返したが、話を聞いてみて、やはり仁左とおなじ疑念を覚えたようだ。だが同時に、女同士としての同情と屋敷への憤《いきどお》りも感じた。お仙などは、

「どこのお屋敷ですか、それは！　許せませぬ」

などと、さきほどとは異なる問いを入れたものである。

「それは……」

と、瀬緒はやはり口をつぐんだ。

それよりも一同の視線は、忠吾郎の達磨《だるま》顔に向けられた。忠吾郎がどのように処理するかである。

　忠吾郎はふたたび仁左とうなずきを交わし、

「瀬緒さんと申されたなあ。そりゃあ危《あや》ういところだった。まあ、しばらくここにいて、ようすを見なされ。ここにいる分には安心じゃで。お仙さん、よう面倒をみてやりなされ」

「は、はい」

　お仙は返し、あらためて瀬緒を寄子宿の長屋にいざなった。

　寄子宿は五部屋つづきの長屋が二棟向かい合っており、片方が女棟でお仙、おクマ、おトラがひと部屋ずつもらっており、もう片方が男棟で宇平が一番奥でお仙の部屋と向かい合っており、仁左が用心棒の意味もあり一番手前の部屋に入っていた。

　瀬緒にはお仙のとなりの部屋があてられた。

　いつまで逗留《とうりゅう》することになるかは、これからのようす次第である。着物は宇平が竹馬の古着売りをしているから、女物も地味なのから派手なのまで、およそそろっている。町場で腰元の矢羽模様は目立ちすぎる。

お沙世も長屋の部屋につき添い、居間には忠吾郎と仁左のみが残った。

「旦那、どうなさいやす。瀬緒という女、立ち居ふるまいから武家奉公の腰元には間違《まちげ》えねえでしょう。したが、あの言い分、そこまで非道《ひで》え目に遭っているんなら、あの落ち着きよう……解《げ》せやせんぜ」

「おめえがそうみていることは、わしにもわかったぜ」

だから二人はうなずきを交わしたのだろう。

忠吾郎はつづけた。

「それを瀬緒とやらに覚られちゃならねえ。ほんとうにお手付き被害に遭って逃げて来たのか、ほかに逃げなきゃならねえ理由《わけ》があったのか、それを見極めねえことにゃ、どう面倒をみていいのか策の立てようがねえ」

「もっともで」

「だからだ。見極めるにゃ、まず瀬緒さんの言い分を信じてやることだ。さっきのおめえの面《つら》じゃ、疑《うたご》うているのが見え見えだ。おめえらしくもねえ」

「えっ、へえ」

忠吾郎の言うのはもっともだが、仁左には最後のひと言にドキリとした。仁左がただの羅宇屋なら、〝おめえらしくもねえ〟などとは言わないだろう。

居間にはいくらか緊張した空気がながれ、仁左は話題を本来の話に戻した。

「染どんと玄八どんは、きょうからさっそく番町をながし、あっしもあしたちょいとようすを見て来まさあ」

「頼むぜ。したが、鳥居さまの屋敷がいくら近くだといっても、そこを頼っちゃいけねえぜ。この一件、まだどっちに転ぶかわからねえ。口入れのお得意さんに迷惑がかかるようなことになっちゃいけねえからなあ」

「心得てまさあ。それにしても、大仕事になるかもしれねえ問題をかかえているところへ、またみょうなお女中が転がりこんで来たもので」

言いながら腰を上げる仁左に忠吾郎は言った。

「それが相州屋だ」

長屋では、あらためて落ち着いた瀬緒が、お沙世とお仙に言っていた。

「わたくし、助けていただいたうえに、ただここで居候《いそうろう》させていただいたのでは申しわけありません。お沙世さんと申されましたねえ、茶店のお手伝いをさせてくださいまし。いいえ、給金などいらないのです。ほんのお礼のつもりですから」

「そりゃあ、助かりますが」

お沙世は応え、お仙もうなずいた。お仙も宇平の扱う古着の繕《つくろ》いがないとき など、お沙世の茶店を手伝っている。部屋で凝《じ》っとしているのはかえって苦痛で あり、茶店を手伝うのはいい気晴らしになるのだ。

話しているところへ、居間から戻って来た仁左が顔を出し、三和土に立ったま ま瀬緒が茶店を手伝う話を聞き、

「ほう、そりゃあいいや」

応えたものの、自分の部屋に戻ってから、

（おかしいぜ）

思わざるを得ない。追っ手から逃げているのなら、わざわざ街道に出て面《つら》をさ らすようなことなど、頼まれても尻込みするはずである。だがいましがた、忠吾 郎から疑いの目を向けるのを注意されたばかりだ。だから〝そりゃあいいや〟と 逆の思いを口にし、早々に退散したのだ。

このあと戻って来たおクマとおトラが、戸惑いを見せていた。路地へ入るまえ に、お沙世から寄子宿に一人増えたことを聞いていたから、お仙から瀬緒を引き 合わされても驚きはしなかった。だが、どうも勝手が違う。

寄子宿に喰いつめた若い者が入ると、男女を問わず、

「――みんな江戸に出ればなんとかなると思っているようだけど、江戸はそんなに甘いところじゃないよ」

「――そう、郷里《くに》を捨てたなら、一度は死んだと思って、気持ちを引き締めなくちゃ生きていけないからね」

と、朝起きたときには、裏庭の井戸端で顔を洗う順番まで口やかましく教え込むのが、おクマとおトラにとって生きがいでもあった。忠吾郎もそこを重宝している。

ところが瀬緒は、お仙のときと同様、江戸での生活指南《しなん》を必要としないばかりか、婆さん二人を見下《みくだ》したようなところもあったのだ。

六

それでも朝になれば、

「ちょいと色っぽい娘が入ったからって、鼻の下を伸ばすんじゃないよ」

「そう。あの娘《こ》、男好きのしそうな感じだからねえ」

などと、井戸端で仁左をからかっていた。

「てやんでえ、俺がそんな浮《うわ》っついた男に見えるかい」

と、釣瓶《つるべ》でおクマとおトラの分も水を汲みながら仁左は言い返したが、内心迷っていた。

(瀬緒をどう見張るか)

きょうさっそく朝から瀬緒はお沙世の茶店を手伝うことになっている。もちろんきのうのうちに、

「――どうしやす」

と、忠吾郎に相談した。だが忠吾郎は、

「――相手に勘づかれちゃいけねえ。わしも気をつけておこうじゃねえか」

言ったのみで、具体的な指示はなかった。どうやら忠吾郎は、仁左のお手並み拝見と決めこんだようだ。

思い立った。

自分がお沙世の茶店の縁台で店開きするわけにはいかない。いつもより早めに寄子宿を出た。もちろん忠吾郎には告げた。忠吾郎はうなずいた。

忠吾郎が縁台に陣取っているあいだに番町までひと走りし、出ているであろう

玄八に声をかけ、お沙世の茶店の横にそば屋の屋台を据えるよう依頼しようというのだ。以前にも張込みでそうしたことがある。茶店と屋台のそば屋で、営業的にも相乗効果があった。

「旦那、玄八どんが来るまで、できるだけ長く縁台に陣取っていてくだせえ」

仁左は忠吾郎に言ったのだ。夕刻近くになって玄八が帰り支度を始めたころ、また忠吾郎が出て来て縁台に陣取る。こうすれば、一日中瀬緒の挙動を見張っておくことができる。

お沙世には話していない。瀬緒に勘づかれないためである。

「あら、きょうは早いんですねえ」

お沙世の声を背に聞いた。まもなく忠吾郎が縁台に出て、瀬緒も手伝いの仕事に入ることだろう。

策は当たった。仁左が溜池《ためいけ》から外濠《そとぼり》沿いの往還《おうかん》を進み、四ツ谷御門から城内に入り、番町の地を踏んだころ、ちょうど番町から仁左とは逆の道順を踏み、札ノ辻に入った者がいた。双方は一度相州屋の寄子宿で顔を会わせているが、注意していたわけでもなく、互いに気がつくことはなかった。それとも道一筋を違えていたか、荷馬か荷を満載した大八車の陰になったかであろう。

ちなみに外濠の城門は、いずれも番所があり各藩から出ている番士が固めているが、日の出から日の入りまでは浪人と不審な者以外は往来勝手である。商人や職人も自儘《じまま》に出入りできなければ、外濠城内の武家屋敷は日常の生活《たっき》が立ち行かなくなる。

だから仁左が着物を尻端折に吉原かぶりの手拭を頭に載せ、背に羅宇竹の音を立てながら城門を入っても、咎《とが》める者はいない。脇差を帯びた遊び人姿の染谷などは、誰何《すいか》を受けるかもしれない。そのときはふところの十手をそっとつまんで見せることだろう。隠れ徒目付の大東仁左衛門こと羅宇屋の仁左は、身分を証明するものを所持していない。まったく市井に溶けこんでいることになる。それだけ手練者《てだれもの》でなければ勤まらない役務である。

番町を出た男は、紺看板《こんかんばん》に梵天帯《ぼんてんおび》の中間《ちゅうげん》だった。腰には定番の木刀を差している。菅野家の源助である。

午《ひる》にはまだいくらか間のある時分だった。街道のながれに全体がいくらかほこりっぽくなっている。

お沙世がなおも縁台に腰を据えている忠吾郎に、

「旦那、きょうはいつもよりゆっくりなさっていますねえ」

と、茶を淹れなおし、

「そろそろ帳場に戻るか」

忠吾郎は腰を上げ、前掛姿の瀬緒に、

「武家奉公の者に町場の茶店がつとまるか心配だったが、まあなんとかサマになっているじゃないか」

実際、瀬緒は思ったほど無愛想《ぶあいそ》ではなく、馬子《まご》だろうが駕籠舁《かご》きだろうが、縁台に近づけばお沙世よりさきに声をかけ、注文を訊いていた。

「――ほう、見なれねえ姐さんだなあ。新人さんかい」

と、汗臭い男から声をかけられても、

「――はい、よろしゅう」

と、にこりと微笑み、愛想よく返していた。これには瀬緒の高慢そうで無愛想なところを懸念していたお沙世も驚いたものである。

このときも忠吾郎に、

「はい、おかげさまで。ご恩返しでございますから」

空《から》の盆を小脇に応えたときだった。

お沙世がいきなり、

「あっ、菅野さまのお中間さん」

声を上げた。

「へい、源助でございやす」

愛想よく言いながら茶店の縁台に近づき、腰を上げたばかりの忠吾郎に、

「これは相州屋さんの旦那、こちらでやしたか。ちょうどよござんした」

立ったまま忠吾郎と向かい合い、

「屋敷の用で近くまで来たもんでやすから、ちょいとご挨拶にと思い、寄ったままでごぜえやす。ほんとにあのときはありがとうございやした。へえ、すぐ屋敷へ戻らなきゃならねえもんで。これで失礼いたしやす」

「あらあら、せめてお茶でも一杯」

お沙世が言ったのを手で謝絶する仕草を見せ、きびすを返そうとするのへ忠吾郎が、

「あの手負いの若いお侍、その後どうなった。よくなってるかい」

「へえ、おかげさまで。もう起き上がれるようになっておりやす」

言うと源助はぴょこりと頭を下げ、

「ほんの近くに来たついでの挨拶まででごぜえやすので」

と、あらためてきびすを返し、さっさと茶店を離れ、分岐している枝道のほうへ歩を進めた。思えば来たときもそのほうからだった。

お沙世はなかば呆気《あっけ》にとられたようすだったが、

（ん？）

と、忠吾郎には感じるものがあった。

ついでにしても、あまりにも素気《そっけ》なさすぎる。それに来たときとおなじ道を帰るなど、わざわざのぞきに来た感じがしないでもない。〝屋敷の用で〟などと言っていたが、それにしては持ち物もなく、まったくの手ぶらなのはおかしい。

怪しめば、まだ怪しめる。他の馬子や大八車の人足たちのように、若い瀬緒にまったく関心を示さないばかりか、そこに新しい女などいないかのようなふるまいだった。その所作が、

（故意に……）

思われる。

それに輪をかけたのが、瀬緒だった。大八車であれ駕籠舁きであれ行商人であれ、縁台に近づけばお沙世も驚くほど積極的に呼びこみの声をかけているのに、

源助には声をかけないどころか見向きもしなかった。かえって不自然である。

源助と瀬緒は、

（故意に無関心を……、しかも、双方が示し合わせ）

そうみることができる。あまりにもぴたりと息の合った無関心ぶりだった。

（なにゆえ、さようなことを……。瀬緒が転がりこんで来たのはきのう……。おさ世の茶店にはきょうから……。しかも主家の名は明かさず、茶店にはみずから望んで……）

忠吾郎は商舗《みせ》に戻り、帳場格子の奥に腰を据え、ハタと思い至った。

瀬緒が相州屋に転がりこみ、茶店に出るのは菅野家のなにやらの策……。それが首尾よく運んだかどうか、中間の源助が確かめに来た。

ならば、

（瀬緒は、菅野家の腰元……）

二人はうまくつなぎを取ったと思っていようが、二人とも失敗している。無関心を演じ過ぎた。それが二つ重なれば、逆に不自然になる。そこに忠吾郎は気づいたのだ。

水野屋敷を窺《うかが》うためか、それとも相州屋を見張るためか……。それとも、まだ他に目的があるのか……。

いま菅野屋敷の近くに出向いている仁左の帰りが待たれる。

瀬緒は最初から、お沙世を含め相州屋の全員を謀《たばか》っている。転がりこんで来たとき、主人の手がつき奥方の悋気に触れ、などと言っていた。だが、番頭の正之助がおなじ御使番の鳥居屋敷で聞き込んだのは、家督を継いだ菅野直次郎は〝独《ひと》り者〟ということだった。瀬緒の話は、端《はな》から成り立たない。瀬緒を心置きなく泳がせておくためにも、

（ま、それは当面、お沙世とお仙にも秘しておこう）

忠吾郎は帳場格子の奥で一人念じた。お沙世とお仙は瀬緒を嫌な女と思いながらも、屋敷から逃げ出した経緯に、女として同情し面倒をみているのだ。おクマやおトラも同様である。

一方、源助が札ノ辻に着いたころ、仁左も番町の地を踏んでいた。

菅野屋敷の正面門が見える角に、そば屋の屋台が出ている。玄八である。

武家地の白壁に屋台のそば屋……。奇異ではない。むしろ町場より自然だ。一箇所に据《す》えていると、ときおり小腹を空かした若党や中間がさっと裏門から出て

来てさっさと手繰《たぐ》り、

「おう、あしたも来なよ。ひいきにするぜ」

と、屋敷に帰って行く。

さっき曲がった角には汁粉《しるこ》屋が出ていた。女中衆がよく出て来る。ときには裏門からそっと屋台ごと招き入れられ、女中衆がそこに群がることもある。

仁左が羅宇竹の音を響かせ、そば屋の屋台に近づいたのは、ちょうど中間が二人喰い終わって、

「うまかったぜ」

と、屋台を離れたところだった。

染谷がいない。

「おっ、仁左どん。見に来てくれたかい」

「ああ、染どんは」

「それよ。染谷の旦那、申しわけねえくれえ忙しくってなあ」

さいわい新たに来る客はおらず、仁左がそばを手繰りながら聞いた。

武家屋敷の表門は、あるじの出仕か来客のとき以外は閑散としているものだ。

ところがきのうから菅野屋敷には、

「けっこう人の出入りがあってなあ」

さっそくきのう、その一人を染谷が尾けた。挟箱持《はさみばこもち》の中間を二人ともなった、上席らしい武士だったという。

「それがよ、駿河の小島《こじま》藩一万石の上屋敷に帰ったってよ」

「ほう。駿河なら、そこの直次郎旦那が巡見使の副使になるところじゃねえか」

「そういうことよ。さっきもお供の中間を二人連れた侍《さむれえ》の出入りがあって、いま尾けていなさる。まったく旦那が尾けなすって、俺がここでそばを湯がいているなんざ、もう申しわけなくってよ」

「なあに、玄八どんがそうしていてくれるから、染どんは心置きなく尾けることができるのじゃねえか」

「そう言ってくれたらありがてえぜ。で、そっちのようすはどうでえ」

「それよ」

仁左はきのう寄子宿に転がりこんだ腰元がいて、それがどうも怪しいことを説明した。もとより中間の源助が来て瀬緒が菅野屋敷の腰元らしいと判ったことまでは、仁左はまだ知らない。

仁左が番町まで出向いたのは、茶店に出た瀬緒を見張るのに助《すけ》っ人《と》を依頼するためである。それが源助のほうから来てくれたことで事情はすでに変わっているが、瀬緒の目的を見極めることがまだ残っている。

だが、番町もけっこう忙しそうだ。助っ人を頼むよりも、仁左は背の道具箱を屋台の脇に置き、言ったものである。

「きっと中間の担いでいた挟箱よ、ずしりと重い菓子折りが入《へえ》っているはずだぜ。帰《けえ》りは軽くなってよう」

「おそらくな」

「きのうは駿河の小島《こじま》藩かい。よし、玄八どん。染どんがいねえときにまた菓子折りが来たんじゃ、手が足りめえ。俺も助っ人に入《へえ》るぜ。こんどそんなのが来《く》りゃあ、俺が尾けてやらあ」

「おっ、ありがてえ。染谷の旦那も喜びなさらあ」

「そうと決まりゃ、カシャカシャと鳴り物入りで尾けるわけにもいかねえ。道具箱、ここに預かっていてくんねえ」

「いいともよ」

玄八は返し、仁左は二杯目のそばを手繰りはじめた。

# 七

夕刻になった。

仁左が玄八と一緒に札ノ辻へ戻って来たとき、忠吾郎はまだ茶店に出ており、二人の顔を見るなり腰を上げ、向かいの暖簾を手で示し、

「おう、二人とも待ってたぜ。きょうは出先でいい客にめぐり会えたらしいなあ。まあ、上がって行けや」

横にいたお沙世もお仙も、実際にそば屋にはいっぱい客がつき、羅宇屋も呼ばれた屋敷でいい商いができたと思ったことだろう。

実際〝いい客〟にめぐり会えていた。番町で仁左が二杯目のそばを手繰っているとき、染谷が尾けていたのは遠江の掛川《かけがわ》藩五万三千石の藩士だった。すぐまた尾けたのも、遠江の相良《さがら》藩一万石の藩邸だった。

仁左も尾けた。その者は三河の岡崎《おかざき》藩五万石の上屋敷に入った。きのうの駿河小島藩と合わせ、いずれも菅野直次郎を副使とする巡見使の出向くであろう大名家ばかりである。

旗本の菅野屋敷の中で話している内容は想像できる。その節はよしなにと頼むほかに、正使は誰か聞き出そうとしているはずである。目付の青山欽之庄や町奉行の榊原忠之でさえなにも聞いていないのだから、おそらく菅野直次郎も知らないだろう。直次郎はのらりくらりと問いをかわしているはずである。そもそもうわさに直次郎の名だけが出て来たこと自体、奇妙な話なのだ。

染谷と仁左が屋台で顔をそろえたとき、仁左はあらためて怪しげな瀬緒の話をした。そこで見張りの助っ人を頼んだところへ、

「——待て、あれは！」

染谷は箸《はし》を持つ手をとめた。菅野屋敷から直次郎が出て来たのだ。深編笠をかぶっているが、仁左は一度会っており背丈から見分けがつく。それに供が一人、一文字笠《いちもんじがさ》を頭に結んだ中間の源助である。札ノ辻から戻って来てからのことである。その源助からも、深編笠が直次郎であることは確定できる。当家のあるじが権門駕籠を使わないなど、出仕ではなく、気晴らしの川崎詣《もう》でとおなじくお忍びのようだ。さいわい二人は、屋台のそば屋などに見向きもしなかった。

それにしても、来客のつづくなかに、

（——お忍び？　どこへ）

三人は顔を見合わせ、羅宇屋の仁左は顔を知られており、遊び人の染谷が尾けることにした。

そのまま染谷は、陽がかたむきかけても戻って来なかった。直次郎と源助が戻って来て、まだそば屋がいてそこに札ノ辻の羅宇屋がいるのに気づかれたならまずいことになる。

玄八ともども、ひとまず札ノ辻に引き揚げることにした。すると迎えた忠吾郎が、すでに菅野屋敷のようすを知っていたのだ。

いま忠吾郎と仁左、玄八は、母屋の居間にあぐらを組み鼎座《ていざ》になっている。

忠吾郎は言った。

「染谷どんから聞いたが、掛川藩に相良藩、岡崎藩に小島藩か。よくもまあ駿河に三河に遠江と、そろいにそろいやがったもんだ。そこで屋敷を出た菅野直次郎なあ、赤坂の料亭に入り、そう長居はせずほどなく出て来たそうだ。まさか中間を外に待たせ、一人で飲み喰いしていたわけじゃあるめえ。似たような中間がもう一人、外で待っていたそうな。中間同士が親しそうに話していたというから、会っていた相手はそやつのあるじということになるだろう。さすがは染谷どんで、しばらく張っていて、そのほうを尾けたらしい」

「ふむ、で？」

仁左が上体を前にかたむけ、老けづくりの玄八も忠吾郎を喰い入るように見つめている。

ふたたび達磨顔の口が動いた。

「ほれ、わしらが金杉橋の浜久で会うとき、いつも入るのが別々なら、帰りもすこし間を置いて出るだろう」

「旦那、焦《じ》れやすぜ。菅野直次郎は誰と会ってやがったんですかい」

仁左が急かし、忠吾郎は、

「黙って聞け。順を追って話しているのだ」

「へえ」

仁左は首をすくめた。

忠吾郎の言葉はつづいた。

「わしらとおなじくらいの間を置いて、武士が一人出て来たそうな。待っていた中間を従え、帰った先がなんと水野の中屋敷だ」

「えぇえ！　すぐそこじゃねえですかい」

「ということは……」

黙って聞いていた玄八が驚きの声を上げ、焦れていた仁左が思案げに返した。

その思案顔に忠吾郎は応《へ》えた。

「そうよ。表門から堂々と入り、門番の応対ぶりからも、留守居役の大垣俊之助だ。迎えた門番の一人が、お留守居さまのお帰りーっ、などと奥へ駈けこんだというからなあ」

「菅野直次郎が水野家の留守居役と、いってえどんな話を……」

仁左は予測の当たっていたことに、かえって首をかしげた。

「わからねえ。まさか菓子折りだけで双方がわざわざ赤坂の料亭まで出向くとは思えねえ。そのあたりに、こたびのみょうな一連の動きよ。裏を知るカギが潜《ひそ》んでいると思うのだがなあ」

忠吾郎の言葉に、仁左も玄八も思案顔になった。各藩の留守居役と思われる使者が旗本の菅野邸を訪れ、浜松藩水野家だけは、留守居役の大垣俊之助が外で会う。単なる〝その節はよしなに〟の挨拶だけではあるまい。

染谷は札ノ辻のすぐ近くまで尾けて来たものだから、そのまま相州屋に寄って忠吾郎にすべての経緯を話したことになる。

仁左が問いを入れた。

「で、染どんはどのように見立てたか、なにか言ってやせんでしたかい」

「言っておった。ただ、わからねえ、と。ともかくこれまでのことを呉服橋に報《しら》せなきゃならねえからといって急いで帰《けえ》った。そうそう、玄八どんが来たなら、きょうは相州屋《うち》の寄子宿に泊まっていって、あしたは朝から茶店の横に店開きをしていいぞと言っておった。染谷どんもあした、こっちへ来るらしい」

「へい、わかりやした。仁左どんから聞きやしたが、相州屋の寄子宿にきのう入《へえ》った、瀬緒とかいう女人《にょにん》を見張るんでやすね」

「あっ、そうだ。大事なことを忘れるところだった」

忠吾郎は上体を前にかたむけ、

「おめえたちの帰《けえ》りを待っていた理由が、もう一つあるのだ」

「へえ、なんでやしょう」

「瀬緒さんのことでやすね」

玄八が言い、仁左がつなぎ、二人ともひと膝まえにすり出た。瀬緒はすでにきのうから相州屋の寄子になったというより、もぐりこんできたのだ。玄八もこのあと、寄子宿で顔を会わせることになるだろう。話をしても、瀬緒に訝《いぶか》られるような玄八ではない。これまでも幾度か寄子宿に泊まりこんでいるが、おクマとおトラには老けづくりさえ気づかれていないのだ。

　忠吾郎は言った。

「染谷のほうから瀬緒のことを訊きおった。向かいの茶店、新しい女を入れたのかなんてな。そこで教えてやったのさ。あの女が相州屋に転がりこんだ経緯に、どうやら菅野屋敷に係り合いのある女らしいこともな。すると染谷は言いおった。あの女、相州屋を見張りに来たんじゃねえ、と。理由は、染谷が相州屋の表玄関に入るのへ、なんの関心も示していなかったからだと。すると標的は、水野の中屋敷だ。その水野家の江戸留守居がきょう、菅野直次郎と双方お忍びで会っていた」

「なんのために」

「それがわからねえ。そこでだ、染谷どんが言うには、幾日も見張っているよりも、こちらから仕掛けたらどうかとな」

「どのように」

　と、仁左がつづけて問いを入れた。

「それをおめえたちと話してえと思っていたのよ」

「ふーむ」

仁左はうなずき、前にかたむけた上体をもとに戻したのへ、玄八もつづいた。協議に入ったのだ。

あらためて三人は鳩首した。

忠吾郎が源助と瀬緒の、茶店での不審なふるまいを語ったときから、仁左の脳裡には一つの策が浮かんでいた。披露した。

忠吾郎が、

「よし、それを試してみよう」

と、賛同すれば、

「おもしれえ。それをやるめえに、染谷の旦那も来てくれればいいんでやすが」

と、玄八も膝を打った。

このあとすぐだった。商いから戻って来たおクマとおトラが、

「おや、きょうも泊まっていくかね」

と、仁左と一緒に長屋に入った玄八へ声をかけ、

「よくこの辺もながしている、気のいいそば屋の爺さんさね」

と、瀬緒に引き合わせた。さきほど茶店の前で会っているが、

「へえ、ときおりここに泊めてもらっておりやす。よろしゅうに」

玄八は腰を折り、年寄りの声と口調で挨拶した。さっきもそうだったが、相州屋に出入りするそば屋の爺さんに、瀬緒はまったく興味を示さなかった。

そのほうがつごうがいい。仁左が仕掛けるのはあすの朝で、玄八もその一翼《いちよく》を担うことになっているのだ。

# 三　出世欲

## 一

玄八は日の出前に起き出し、おクマやおトラが井戸端に桶と手拭《てぬぐい》を持って出て来たときには顔を洗い終わり、老け顔を拵《こしら》えていた。すでに七厘《しちりん》でそばの汁を煮ている。

仁左が井戸から釣瓶《つるべ》を引き上げるのを待ちながら、

「いつもだねえ、玄さんは」

「朝が早くて感心するよ」

おクマとおトラが声をかけ、

「おもての茶店とおなじでさあ。朝の早《はえ》えお得意さんもおりやすので」

玄八は返した。実際、そうした客もいないわけではない。だが目的は、朝の井戸端でバシャリと水を顔に当て、働き盛りの面《つら》をさらすのを防ぐためである。

お仙と宇平、それに瀬緒も長屋から桶と手拭を手に出て来た。

お仙は瀬緒への同情から、

「きょうも茶店に出るのですか。追われている身で、大丈夫ですか」

心配そうに言ったが、

「いえ、ご心配には及びません」

応じ方がそっけない。

お仙は手拭を手に、首をかしげた。やはりお仙も、瀬緒への疑念を拭いきれないようだ。

釣瓶で水を汲《く》み上げた仁左が、瀬緒に助け舟を出した。

「あはは、お仙さん。化粧を落とし町娘の身なりに前掛までしているのだから、屋敷の者が前を通っても気づきやせんぜ」

「そう、そのとおりです」

瀬緒はわが意を得たりとばかりに返し、

「つぎ、わたくしが汲みますから」

仁左から釣瓶を受け取った。

いつも見る相州屋の朝の井戸端風景だが、普段と異なるところがあった。仁左の胸中である。念じていた。

(どこの者か、判《わか》ってらあよ。それをいまから、確かめさせてもらうぜ)


そのときが来た。

陽がいくらか東の端《は》を離れ、おクマとおトラはすでに出かけ、瀬緒もお沙世の茶店に入っている。忠吾郎はいつものように縁台に陣取り、鉄の長煙管《ながぎせる》で煙草《たばこ》をくゆらせていた。宇平はさきほどお仙に見送られ、水野屋敷に近寄らず離れずのあたりに竹馬を据《す》えている。策を知っているのは、仁左に忠吾郎、玄八の三人だけである。自然さを持たせるため、お沙世とお仙にも知らされていない。

仁左が背に羅宇竹《らうだけ》の音を響かせ、路地から土ぼこりの舞いはじめた街道に出て来た。股引《ももひき》に腰切半纏《こしきりばんてん》を三尺帯で決め、足首まで覆って紐《ひも》できりつく縛る甲懸《こうがけ》を履いている。どこから見ても職人姿であり、これが最も動きやすいのだ。すぐうしろに、屋台を担《かつ》いだ年寄りの玄八がつづいている。

お沙世が羅宇竹の音に顔を向け、

「あら、きょうはゆっくりなんですねえ。玄八さんも一緒ですか」

仁左は町駕籠《まちかご》の通り過ぎるのを待ち、

「ああ、きょうはきのう頼まれた番町の屋敷へ、午前《ひるまえ》にうかがうことになっていてよ。いまから行っても、ちと早すぎるほどなもんでなあ」

「えっ」

小さく声を上げたのは、お沙世と一緒に縁台の横に立っていた瀬緒だった。しなやかな草履《ぞうり》ではなく、お沙世とおなじ下駄《げた》を履き、腰には前掛をきちりと結んでいる。

「あっしはきょう、この茶店の横で商《あきな》わせてもらいまさあ。よろしゅうにな」

玄八が言いながら屋台を茶店の縁台の横に据えたが、瀬緒はそれを無視するように、

「いま仁左さん、なんと。確か、番町と聞こえましたが」

と、真剣な表情で仁左を見つめた。さきほど井戸端で助け舟を出され、安堵とともに親近感も感じたようだ。

縁台に腰かけている忠吾郎がやおら言った。

「そういやあ仁左どん、きのう番町の武家地でいい客にめぐり会えたと言ってい

たなあ」

「へえ、そこなんでさあ」

「あっしも一緒でやしたが、武家地にしてはいい商いができやしたよ。じゃが、ここからはちとあるでなあ。わしは大きな屋台があるで、そう毎日というわけにはいかねえ」

仁左が応《こた》えたのへ玄八がつないだ。

策はもう始まっている。明らかに瀬緒は乗って来た。

「番町のどこですか。あ、わたくし、番町ではありませんが」

念を押すような言いようだった。

仁左は菅野屋敷周辺の地形を話し、

「いつもは閑静なところだが、近くに人の出入りがいやに多い屋敷がありやしたなあ。そこから羅宇竹の声はかからなかったが」

玄八が受けるように言った。

「どこかのお中間さんが言ってたぜ。その屋敷、ちかぢか輿入《こしい》れがあるとかで。そのせいじゃねえのかって。確か、お役目は公方さまの御使番とかで、名はほれ、なんと言ったかなあ」

縁台のわきに立ったまま、仁左と玄八のやりとりになった。瀬緒は空の盆を小脇に持ったまま聞き耳を立て、それを忠吾郎が座ったまま観察している。

お沙世が喙《くち》を容《い》れた。

「御使番って、まさかこのまえここにいらした菅野さま！」

「えぇえ！」

瀬緒のこんどの驚きの声は大きかった。

仁左がすかさず反応した。

「そうそう、その菅野さまだった。なんでえ瀬緒さん、知ってなさるのかい、そのお屋敷を」

「い、いいえ。そんなわけじゃ。したが、詳しく、その話……」

瀬緒は口ごもった。

期待した以上の反応である。

仁左は応えた。

「その菅野屋敷さ。俺が入《へえ》ったのは近くのお屋敷だったが、そこの裏庭の縁側でご用人さまから聞いたぜ。なんでも巡見使《じゅんけんし》に随行しなさるお役目をいただいたとか。そこへどっかのお屋敷から嫁取《よめと》りをなさることになって、それで盆と正月が一緒に来たみてえな忙しさだとか」

「それでかい、人の出入りがやけに多かったのは。なるほど」

玄八が応えればさらに瀬緒は、

「輿入れ！　嫁取り!!　ほんとう、ほんとうなんですね、その話!?」

仁左と玄八に喰いつきそうな表情で言うなり、

「お沙世さん、ご免なさい。わたくし、急用を思い出し……」

空の盆を縁台に置き、前掛をお沙世へ押しつけるように渡すなり、

「用がすめば戻って参りますっ」

分岐している枝道のほうへ、下駄の音もけたたましく駈けて行った。

「あぁ、瀬緒さん！」

お沙世は驚き、街道に踏み出し数歩追いかけたが忠吾郎に呼びとめられ、立ち止まった。

忠吾郎は仁左に、

「よし、行け」

「へいっ」

仁左は縁台に置いた道具箱を素早く背負い、音のとどかない距離をとって瀬緒

のあとを追った。間合いを開けすぎ、見失っても問題はない。行く先はわかっている。しかも相手は切羽詰《せっぱつ》まったようすであり、うしろを振り返る余裕はなさそうだ。大事なのは、尾行にも羅宇屋になり切っておくことなのだ。

玄八も、

「旦那、染谷の旦那を待っちゃおれやせん。来たら忠吾郎旦那から話しておいてくだせえ」

「おう。期待しておるぞ」

忠吾郎の声を背に聞き、ふたたび屋台を担ぎ、仁左を追った。

「いったい、これって？」

事情を知らないお沙世は空の盆と瀬緒の前掛を手に、きょとんとしている。忠吾郎もおなじだった。瀬緒は言いわけではなく、行動を起こした。予期していなかった反応である。

仁左も玄八もあとを追いながら、

（なんなんだ、あの慌てようは⁉）

思いを強めていることだろう。

思わぬ瀬緒の動きに、忠吾郎とお沙世は茶店に取り残されたかたちになった。

お仙がその場に呼ばれ、

「実はなあ……」

と、ようやく忠吾郎はお沙世とお仙に、さきほどのやりとりは瀬緒の反応を見るための策であったことを話した。

「どおりで」

「やはり、そうでしたか」

と、お沙世もお仙もうなずいた。はたして二人にとっても、瀬緒の突然の行動は解《げ》せなかった。

そこへ、遊び人姿の染谷が来た。

「仁左どんと玄八は？」

「ひと足遅かったぞ」

忠吾郎は返し、さきほどの状況を話した。

染谷も驚いたが、やはり瀬緒の行動は異常に思えた。

「なあに、仁左たちが戻って来れば、事情はわかろうよ」

忠吾郎が言ったのへ染谷は、

「行く先は番町でやすね。あっしも」

言うなり、仁左たちのあとを追った。

外濠《そとぼり》の溜池あたりに歩を踏んだ。仁左はふり返り、ようやくそば屋の屋台が尾《つ》いて来ていることに気がつき、軽く手で合図を交わした。

溜池からは外濠に沿った往還《おうかん》である。人が小さく見えるほどに間合いを取っても、見失うことはない。片側に武家屋敷の白壁がつづき、片側は濠である。

小走りに近いほど速足だった瀬緒は、半刻《はんとき》（およそ一時間）もすればさすがに疲れたか、足の動きはにぶってきた。そこに仁左は羅宇竹の音を気遣《きづか》う余裕ができ、なによりも屋台を担いでいる玄八は、歩を踏みながらもホッとひと息つくことができた。

陽がかなり中天に近づいた時分、瀬緒の足は四ツ谷御門に入った。

仁左は背の道具箱を斜《なな》めにかたむけて羅宇竹の音を殺し、間合いを縮めた。気づかれないまま近づき、瀬緒が菅野屋敷の表門から入るのか裏門からか。さらにどのように入るのか。屋敷での瀬緒の立ち位置を知るためにも、慥《しか》と見ておきたかったのだ。

かなり遅れてそば屋の玄八がつづいている。染谷もいま、番町に向かっていることだろう。

あと白壁の角をひとつ曲がれば、菅野屋敷の表門が見える。さのう、玄八が屋台を据えていたところである。

二

仁左の視界のなかである。

瀬緒は角を曲がった。

不意にその足が速まった。激しく下駄の音が聞こえる。札ノ辻を飛び出したときとは、また違った響きである。着物の裾《すそ》を乱したようすからも背からも、興奮し緊張しているのが看《み》て取れる。

足は表門に向かわず、手前の枝道に駈けこんだ。仁左はすでに周辺の地形を熟知している。その枝道の先は、菅野屋敷の裏門である。武家地では表門のある通りでさえ、人通りは少なく閑散としている。裏門のある枝道となれば、ときおり腰元か中間、行商人が通るのみである。

仁左も道具箱を斜めに羅宇竹の音を殺したまま速足になり、枝道に入った。瀬緒の背が見える。息せき切っているのがその肩からもわかる。ほかに往来人はいない。

裏門の潜《くぐ》り戸《ど》に取りつくと、激しく叩いた。

「開けてくだされ、開けてくだされ。瀬緒にございます」

訪《おとな》いの声ではない、叫びだ。それに、屋敷に戻っても瀬緒と名乗った。ということは、札ノ辻でも本名を名乗っていたことになる。なるほど慣れない変名を使えば不自然さがあらわれ、そこから周囲に不信感を与えることになる。

潜り戸はすぐに開いた。

聞こえた。

「あ、瀬緒さん！」

瀬緒は顔を出した門番を押しのけるように、潜り戸の中に飛び込んだ。

さらに門番の声が、

「おっとっと、瀬緒さん。いったい……」

あとは聞こえなかった。仁左が走り寄ったのと、潜り戸が内から閉じられたのがほとんど同時だった。門番は職人姿の羅宇屋が駈け寄ったのに気づかなかったようだ。

仁左は門の前に立った。内側で二、三、やりとりのあるのが聞こえたが、なにを言っているのかまでは聞き取れない。下駄の音が母屋《おもや》のほうへ駈けて行ったようだ。門番であろう、

「あぁ、待て、待て」

聞き取れた。その声も足音も遠ざかった。すでに、尋常な戻り方でないことがわかる。

道具箱を背負ったまま、潜り戸をそっと押した。

開いた。門番は瀬緒への対応のあまり、潜り戸の小桟《こざる》をかけ忘れたようだ。身をかがめ、

「えー、ご免なさんして」

もごもごと口の中で言い、門内に入った。

武家屋敷の常である。閑散として人影がない。

聞こえた。奥のほうだ。

裏庭の植込みのあいだに、抜き足を入れた。道具箱に音は立たない。

聞こえる。喚《わめ》き合い、罵《ののし》り合っている。母屋の裏庭に面した縁側だ。本来ならそこに羅宇竹をならべ、商いに取りかかるであろう場所である。

道具箱を背負ったまま、植込みの陰に身を潜《ひそ》めた。見える。家士らしき者が縁側に立ち、庭から瀬緒が取りすがるようにその袴《はかま》の裾をつかまえ、中間が六尺棒で引き離そうとしている。

すぐ目の前だ。

「殿は、殿さまは！　お呼びくだされっ」

「なにごとじゃ、なぜ舞い戻った！」

「ともかく部屋に上げてくだされっ」

「理由《わけ》を、理由を言え！」

瀬緒はなおも強く袴の裾をつかみ、家士はいまにも瀬緒を足蹴《あしげ》にしそうな勢いで、中間が六尺棒で懸命に瀬緒を押さえこんでいる。この中間が、さきほどの門番であろう。

この騒ぎに中間がもう一人、庭の奥から駈け出て来た。源助だ。

「瀬緒さん！　なんなんだ。いけねえぜ」

驚いたように言い、一緒に六尺棒で押さえにかかった。

部屋からは腰元が一人走り出て来るなり、

「瀬緒さん、瀬緒さんじゃないですか。いったいなにがっ」

困惑した声を上げた。

「殿に、殿にいっ」

瀬緒はなおも叫ぶ。

騒ぎは母屋の表玄関にまで聞こえていようか、

「なにごとだ」

あるじの直次郎が出て来た。

「おっ、瀬緒ではないか。どうした！　札ノ辻になにかあったか」

縁側に中腰になった。

瀬緒は二人の中間に左右から肩を押さえつけられながら、

「殿！　わたくしを騙《だま》したのですか。札ノ辻へ出したのは、わたくしを屋敷から遠ざけ、厄介《やっかい》払いをするおつもりだったのですかっ」

植込みの陰で、仁左は固唾《かたず》を呑んだ。やはり瀬緒は直次郎によって、札ノ辻へ送り込まれたようだ。

縁側にしゃがみこんだまま、直次郎は言った。

「なにをわけのわからぬことを。それにおまえ、なにを血迷うておる。勝手に持ち場を離れおって」

「問いにお答えください。納得できればすぐ持ち場に戻ります。さあ、殿が嫁をお迎えになるというのは、ほんとうでございますかっ。いずれのお屋敷からでございますかっ」

仁左は瀬緒の奇怪な行動を得心した。策が奏効《そうこう》しているのだ。だが、札ノ辻を〝持ち場〟というのはなにか、瀬緒の役務がまだ判らない。

仁左の視界の中で、縁側の応酬《やりとり》はつづいた。人は集まっているが、いずれもが直次郎と瀬緒に集中しており、背後の植込みに注意を払う者はいない。

直次郎は言う。怒鳴りつけるような大きな声だった。

「言っていることがわからん。世迷言《よまいごと》で屋敷を騒がすなど、おまえといえど許さんぞ。いま菅野家は大事な正念場《しょうねんば》を迎え、忙しいのだ。頭を冷やし、早《はよ》う持ち場に戻れいっ」

「殿！　はぐらかしまするかっ。ちかぢかご当家に輿入れがあること、すでに近隣にも知れわたっておりますぞ。白状なさいましっ」

返す瀬緒は金切り声になっている。その言い分に、集まった中間や腰元たちが不思議そうに顔を見合わせたのを、植込みの仁左は見逃さなかった。〝輿入れ〟だの〝嫁を迎える〟など、すべて仁左の瀬緒を嵌《は》めるハッタリだったのだ。

それがここまで見事にかかるとは、かかるだけの理由があったのだろう。それを想像すると、仁左は瀬緒が憐《あわ》れに思えてきた。

それに、きょうのこの時刻は、瀬緒にとって運も悪かった。

懸命に六尺棒で瀬緒を押さえこんでいる源助が言った。

「旦那さまっ、そろそろお出かけにならねばなりませぬ。お支度を！」

「おお、そうじゃ」

直次郎が応えると、縁側でうろたえていた用人が、

「午後には、吉田《よしだ》藩松平伊豆守《いずのかみ》さまのお留守居《るすい》さまがお見えになりまする。お早めのお帰りを」

催促するように言う。

これから直次郎はまた源助を供に、お忍びでいずれかへ出向くのだろう。それに吉田藩といえば、領地は三河で七万石である。菓子折りも相当重いものになるだろう。

直次郎は言った。

「わかっておる。源助、すぐ表玄関へまわれ」

「はっ」

源助が瀬緒の肩を押さえていた六尺棒の力を抜くと瀬緒は、

「殿！」

叫んで縁側に取りすがり、こんどは直次郎の袴の裾をつかみ、

「お逃げなさいますかっ」

「ええいっ、この身のほど知らずがっ」

「ぎゃーっ」

直次郎は瀬緒の顔を蹴り、瀬緒は悲鳴を上げ地面に尻もちをついた。

直次郎はさらに言った。

「この女を騒がぬよう手足を縛《しば》り、裏の物置に押込めておけいっ」

「ははっ」

他の中間や用人、若党らが瀬緒に襲いかかった。

「とのー、とのーっ」

叫び声は白壁の外にまで聞こえていよう。

植込みに潜む仁左は、瀬緒が若党や中間らにねじ伏せられ、猿ぐつわをかまされ、母屋からいくらか離れた物置小屋に押込められるまでを慥《しか》と見とどけた。厚い頑丈そうな腰高障子《こしだかしょうじ》の戸があり、障子の部分には金網が張られている。

外から錠《じょう》がかけられた。土蔵ではないためか、錠は簡易で粗雑なつくりであることが、遠目にも看《み》て取れた。

裏庭に静寂が戻った。

札ノ辻での瀬緒の反応が予想以上のものであれば、屋敷に走り戻った瀬緒がこれほどの仕打ちを受けるのもまた、予測外のことであった。

手足を縛られ、猿ぐつわまでかまされている瀬緒を思えば、あらためて同情と申しわけなさまで感じられてくる。

だが、昼間から一人で助け出すことは困難だ。それよりも、どうやってこの屋敷を出るかが喫緊《きっきん》の課題である。

裏門の門番は、あるじの見送りのためか、まだ戻って来ていなかった。

植込みを離れ、道具箱を斜めに素早く裏門の内側へ走った。さっきから潜り戸の小桟は外れたままで、誰も手をつけていない。そっと開け、うしろ向きに出ようと身をかがめた。最後まで気を抜かない、昼間の脱出の極意《ごくい》である。片足を外に出した。

そのときだった。

「こらこら、勝手に入るな」

さきほどの門番が声を上げ、走り寄って来た。仁左の片足は外でも上体はまだ内側で、顔も庭のほうを向いている。門番がとっさに言ったように、いましがた入って来たように見える。

身をかがめたまま、仁左は言った。

「これは門番さん。戸を叩いたのでやすが、開いておりやしたもんで、へえ」

走り寄った門番はさっき小桟をかけ忘れたのに気づいたか、なんら怪しまず、

「ふむ、そうか。羅宇屋のようだな。せっかく来ても、いま当家は立てこんでおる。またにしろ。さあ、帰れ、帰れ」

手で追い払う仕草をする。

「へい、次回はご贔屓《ひいき》に」

仁左はうしろ向きのまま、全身を外に出した。潜り戸に小桟をかける音が聞こえた。

「ふーっ」

腰を伸ばし、背の道具箱にカシャリと音を立てた。

不意に背後から、

「さすがだなあ」

ドキリとしてふり返ると、遊び人姿の染谷だった。

「さっき来たばかりだ。玄八から事情は聞いた。きのうのところで店開きをしている。中へ入《へえ》っていたようだが、ようすを聞きてえ」

「頼まれなくても話すぜ」

染谷とともに、羅宇竹の音が裏門の前から遠ざかった。

三

染谷は、きのうとおなじところに陣取っていた玄八に、

「ともかく場所を変えろ」

菅野屋敷からいくらか離れたところへ移動させた。

あらためて屋台に仁左と染谷、玄八の顔がそろったところで、仁左は話しはじめた。菅野屋敷の近くで屋台を囲み、そば屋のおやじと職人と遊び人が鳩首《きゅうしゅ》する風景はきのうと変わりないが、事態は大きく変化している。

屋台の用意ができるのを待つように、染谷が言った。

「追いつくと、邸内から女の騒ぐ声が聞こえたので裏門まで行ったら、仁左どん

がうしろ向きに出て来たって寸法だ。さあ、中はいってえどうなってるんだ」

「それよ。驚いたぜ」

仁左もそばを待つふりをして話した。

染谷と玄八の表情が、徐々に緊張の度合いを増していく。

団扇《うちわ》を持つ玄八の手がとまった。緊張のなかに、炭火の用意ができたようだ。

湯はこれから沸《わ》かすことになる。

「おう、手早く二人分、頼むぜ」

近くの屋敷から中間が二人出て来て、仁左たちを押しのけるように屋台の前に立った。

「父《とっ》つぁん。俺たちならかまわねえぜ」

申しわけなさそうな顔をするそば屋に、遊び人の男は言う。

三人の鳩首はしばし中断し、仁左は、

「お中間さん方、お屋敷に煙管の羅宇竹を替えようってお人などはいなさらねえですかい」

などと声をかけていた。羅宇屋としての商いはなかったが、中間二人は、

「菅野さまの御屋敷よ、きょうもまた人の出入りが多いようだなあ」

「でもよ、ほんとうかい。巡見使が出るってのはよ」

話しているのを聞けたのは収穫だった。そこに輿入れの話は出て来なかった。きょうも近くに汁粉《しるこ》屋が出ていたが、そこでも菅野屋敷に嫁が入るなどのうわさは出ていないはずである。けさ、仁左が初めて舌頭《ぜっとう》に乗せた話だから……。

客はふたたび、仁左と染谷の二人だけとなった。

玄八は言う。

「あっしも、ここまで効くとは思いやせんでしたぜ。驚き以外《いげえ》のなにものでもありやせんや」

「その瀬緒さんとやらにゃ、効きすぎて気の毒なことになっちまったようだなあ」

染谷も言い、仁左も、

「瀬緒さんがここまで見事に引っかかった理由《わけ》も、なんで札ノ辻を〝持ち場〟などと言っているかもまだわからねえが、このままじゃ瀬緒さん、あの屋敷で殺されちまうかもしれねえ」

真剣というよりも深刻な表情で言った。以前にも、菅野屋敷で秘かに殺された女がいるとのうわさがながれているのだ。

染谷も深刻な顔で言った。

「きのう、呉服橋で大旦那から聞いたのだが、さっきも中間が言っていた巡見使なあ、若年寄《わかどしより》さまもまったくご存じなく、逆になにゆえさようなうわさが立つのかと問われなすったそうな」

「だったら、水野屋敷が大旦那に依頼したみてえに、若年寄さまも大旦那に命じなすったんですかい。うわさの出処《でどころ》を調べよ……と。へいっ、そば一丁、上がりやした」

「おう、うまそうだ」

染谷は碗を受け取り、

「そういうことだ。だからよう、瀬緒さんとやらにもこの熱いの、生きて食べさせてやりてえぜ」

と、そばを手繰《たぐ》りはじめた。

仁左が応じるように言った。

「つぎの碗、あの物置に出前してやりてえ。だが、明るいうちは無理だ」

「へへ。あっしなら暗くなるまで、ここで炭火を熾《おこ》したままでいやすぜ」

陽はすでに中天を過ぎている。

そば屋の屋台は、ときおり中断しながらも、瀬緒救出の軍議の場となった。

いま直次郎は源助をともなっていずれかへ出向いている。それを探る必要はすでにない。そのあとには三河吉田藩七万石の留守居役が直次郎を訪ねて来る。きょうは夕刻まで、直次郎は瀬緒に構っている余裕はないだろう。だが、夜になればわからない。夕刻、暗くなったほんのわずかなあいだしか、

「救い出す機会はねえぜ」

仁左の判断である。

三人はうなずきを交わし、玄八はそば屋の老いたおやじをつづけ、仁左は羅宇竹の音を立てながら周辺を一巡し、染谷はいずれかへ御用の筋の息がかかった町駕籠の手配に出かけた。それだけではなかった。札ノ辻にも足を延ばしていた。仁左と話し合い、忠吾郎に会っていたのだ。仁左が周辺に羅宇竹の音を響かせたのは、まわりの地形をさらに詳しく知るためだった。

陽が西の端に沈みかけている。この季節、日の入り後の夜の帳《とばり》は釣瓶《つるべ》落《お》としである。暗くなれば、いずれの城門も自儘《じまま》には出入りできなくなる。仁左が危惧《きぐ》したとおり、救出できる時間はほんのわずかなのだ。

仁左と染谷がふたたび玄八の屋台で顔を合わせてからすぐだった。

「へい、ここで待てばよろしいので」

と、町駕籠が一挺《ちょう》、屋台に近づき、駕籠尻を地につけた。

「そうだ。ここでそばでも手繰りながらしばし待て。客は女人《にょにん》だ。あとは言ったとおりにな」

「へい」

「おありがとうございやす」

と、駕籠舁《か》き人足は脇差の染谷と羅宇屋の道具箱を背にした仁左を見送った。

人足二人は染谷の身分を心得ているようだ。余計なことはなにも訊かない。一緒に行動している仁左に対しても、その筋の人と思っていることだろう。

染谷と仁左の背が角を曲がり、屋台から見えなくなった。

「二人分でやすね。お代はすでにいただいておりやす」

と、玄八は二人分のそばを湯がきはじめた。傍目《はため》には駕籠舁き人足が客待ちついでに、そば屋の屋台に寄っているように見える。

もう一度白壁の角を曲がれば、菅野屋敷の裏門である。陽がかたむきかけた時分に菅野屋敷に入った権門《けんもん》駕籠は、まだ出て来ていない。吉田藩の留守居役である。歓待されているとしても、日の入り時分には帰るだろう。供を従えた権門駕籠が表門を出る。見送りにも相応の人手がいる。裏門は手薄になるはずだ。

上蓋《うわぶた》に挿《さ》している羅宇竹は、音を防ぐためすべて抽斗《ひきだし》にしまいこんだ。

歩を踏みながら染谷が言う。

「俺が中で斬り死にして、ふところから十手《じって》など出て来た日にゃ、呉服橋の大旦那もタダじゃすまなくなるだろうなあ」

「あはは。奉行所の同心が旗本屋敷に忍び入るなんざ、支配違いを正面から犯していることになるからなあ。ま、そんな結末にはさせねえぜ」

仁左は返した。

話しているうちに裏門の前に出た。

地に引いていた影が、フッと消えた。日の入りである。

二人はうなずきを交わし、仁左が白壁の手前に背の道具箱を置いた。染谷がその横にしゃがみこみ、手で道具箱を固定するように支えた。仁左が数歩下がり、弾《はず》みをつけて跳び上がると道具箱を踏み台にさらに舞い上がり、白壁の屋根に取りついた。

そばを手繰りながら策を練ったとき、仁左は言っていた。

「――なあに、壁の一枚や二枚、わけねえぜ」

それを演じたのだ。人の前で、とくに染谷や忠吾郎の前では披露《ひろう》したくない技である。だが仁左は演じた。自分の立てた策から難を背負いこんだ女を救うためである。背に腹は代えられない。

白壁の屋根に取りついた仁左は身を水平に寝かせ中をうかがうなり、その身は染谷の視界から消えた。動きやすい職人姿である。

（さすが）

染谷は感じ入る間もなく仁左の道具箱を肩に引っかけ、裏門の前に移動した。潜り戸が中から開けられ、仁左が顔をのぞかせた。

すぐに出て来る予定である。染谷は道具箱を目立たぬよう門柱の陰に置き、中に入った。門番はおらず、門番詰所にも人の気配はなかった。

あとで玄八の話からわかったことだが、このとき来客の権門駕籠がちょうど表門を出ており、腰元は母屋の玄関に、若党や中間らは門まで見送りに出向いていたようだ。三河吉田藩七万石がどんな菓子折りを包み、いかなる話し合いが持たれたのかは判らないが、直次郎はかなり満足したのだろう。

二人は無言のまま、無人の裏庭を植込みづたいに奥の物置に向かった。身をかがめて走り、植込みの背が低ければ匍匐《ほふく》で進んだ。裏手の台所付近には、下男や下女たちがいよう。見つかり、声を上げられたなら、すぐさま若党や中間が駈けつける。そうなれば、昼間裏門の潜り戸を出たときのような芸当はもう通用しない。しかも仁左は武器になるものは持っていない。利点といえば、道具箱を持たない職人姿で、敏速に行動できるといったことのみである。

仁左が裏庭の配置を説明し、救出の策を立てたとき、

「――俺が脇差で防ぐから、仁左どんは敵を攪乱《かくらん》しながら、門外に逃げてくんねえ。あとから俺も逃げやすいようにな」

染谷は言ったものである。見つかって騒がれ、失敗したときのことである。

気づかれなかった。

物置小屋の前に身をかがめた。

金網が張られた腰高障子に、錠がかけられている。

あたりはすでに薄暗い。

染谷は錠に目をやり、

「大丈夫か」

「造作もねえ」

仁左は応え、ふところから釘を平たく打ったものを取り出した。煙管の雁首《がんくび》や吸い口の内側を掃除する道具である。

思ったとおり、精巧なものではなかった。鍵穴に刺しこんだ。

すぐだった。

――カシャ
かすかな音とともに錠が外れた。

染谷は息を呑んだ。奉行所の同心でありながら、熟練の盗賊のような手並をまのあたりにするのは初めてである。ふたたび思った。

(さすが)

この技も仁左にとっては、人に見せたくないものである。これも仕方ない。瀬緒を救うためである。

そっと開けた。

中はすでに暗い。

「ううううっ」

女のうめき声だ。

染谷が内側から障子戸を閉めた。

「瀬緒さんでやすね」

仁左は問いながら声に近づいた。

なおもうめき声が聞こえるのへ、

「相州屋の者でさあ。助けに来やしたぜ。さあ、縄《なわ》を」

「おう」

染谷が素早く脇差で手足の縄を切りほどき、仁左が猿ぐつわをはずした。

暗いなかにも目が慣れているのか、

「あっ、羅宇屋さん！」

と、瀬緒はようやく仁左に気づいたようだ。

「わけはあとだ。ともかくここを出やしょう。任しておきなせえっ」

「は、はい」

瀬緒は起き上がったがふらついた。無理もない。半日も縛られたまま放っておかれたのだ。

仁左は瀬緒の腕に肩を入れた。

染谷がそっと腰高障子を開けて外を窺《うかが》い、

「よし」

言うと仁左と瀬緒を外に出し、腰高障子を閉め錠もかけた。瀬緒の脱出が発覚するのは、かなり遅れるだろう。あとは裏門までである。慣れると瀬緒は自分でも歩け、支える必要はなくなった。

来たときよりも暗くなっている。匍匐の必要はない。この瞬間を、仁左は昼間から待っていたのだ。植込みの陰に走っては身をかがめ、人の気配のないのを確かめてはまた走る。それを数度くり返せば裏門である。

足音が立たないのは、瀬緒が足袋《たび》跣《はだし》だからだった。痛ましい。聞こえるのは、瀬緒の着物の衣擦《きぬず》れの音のみである。

裏門の近くにたどりついた。仁左が甲懸の足を数歩そっと進め、門番詰所に灯《あか》りのないのを確かめると、瀬緒が走って仁左のわきにうずくまり、染谷も身をかがめて走り、三人が裏門の潜り戸の内側にそろった。

仁左が潜り戸を開けた。

染谷がさきに出て近くに人影のないのを確かめると、

「さあ」

と、瀬緒をうながした。

仁左と染谷は、そこまで綿密に打ち合わせていたわけではない。だが事態が動き出せば、自然に二人の呼吸は一つになる。

つづいて仁左が出た。

潜り戸を外から閉める。小桟のかけられないのは仕方ない。閉まってさえおれば、戻って来た門番が気づくのはそれだけあとになるだろう。

「こっちだ、来い」

染谷が瀬緒の袖《そで》をつかみ、走り出した。

瀬緒は従った。

仁左も門柱の陰に置いておいた道具箱を肩にかけ、あとにつづいた。

屋台の灯りが見え、町駕籠もすでに火を入れた小田原提灯《ちょうちん》を担ぎ棒にかけ、客が来るのを待っている。そばをさっき喰い終わったばかりだった。仁左たちはそれほど迅速にことを進めたのだった。

駕籠は瀬緒を乗せ、

「行き先は言ったとおりだ」

「へいっ、がってん。へいっほ」

「えっほ」

染谷の先導で小田原提灯が激しく揺れはじめた。

「さあ、俺たちも」

「へいっ、がってん」

仁左は言うと、こんどは道具箱の羅宇竹を音が立つように上蓋に挿しなおして背負い、玄八は駕籠屋の口調をまねて屋台の担ぎ棒に肩を入れた。

行く先は、四ツ谷御門より近い市ケ谷《いちがや》御門である。札ノ辻へ向かう赤坂方面には遠くなるが、そこには染谷の思惑《おもわく》があった。

外濠の御門はいずれも日の入りには閉じられるが、しばらくは半閉じである。帰りを急ぐ職人や行商人のためだが、町場から戻って来る武士にも融通を利《き》かせている。

遊び人の染谷は誰何《すいか》されても十手がある。この時分なら駕籠の中を検《あらた》められることなく出られるだろう。仁左はまぎれもなく職人で玄八はそば屋であり、怪しまれるところはない。

市ケ谷御門なら出ればそこに市ケ谷八幡宮の門前町があり、濠沿いの通りに人通りは消えても、枝道に入れば料亭や旅籠《はたご》が軒提灯《のきぢょうちん》を掲《かか》げており、灯りも人通りもまばらだが、まだ絶えることはない。町駕籠がそのなかを遊び人の先導で走っても奇異ではなく、門前町ならむしろ自然である。

それが染谷の策だった。

部屋を取っている旅籠に着いた。旅籠の者は驚いた。駕籠から出て来た女は髷《まげ》が乱れ、そのうえ足袋跣なのだ。いずれかから拐《かどわ》かして来たようにも見えるが、そこは十手の威力がある。

そのあとすぐ、仁左と玄八も旅籠に着いた。

灯りのある部屋に落ち着き、そこへ顔見知りの仁左と玄八がそろったとき、ようやく瀬緒は虎口《ここう》を脱した表情になった。

策は大成功だった。屋敷から救い出したのはもとより、市ケ谷にひと晩とどまれば、気づいた菅野屋敷が追っ手をくり出しても、相州屋と結びつける足跡《そくせき》は見いだせないはずである。

屋敷では、表門に駆り出されていた裏門の門番が、中間部屋に立ちよって晩めしをとり、戻って来たのは町駕籠や羅宇屋、屋台のそば屋がつぎつぎと市ケ谷御門を出たあとだった。閉まっている潜り戸の小桟を点検することもなく、異常に気づくことはなかった。

気づいたのは、夜も更《ふ》けてから心配になった腰元が二人、手燭《てしょく》を手に物置小屋を見に行き、腰高障子の外から声をかけても返事がないことを不審に思い、中間を呼んで中を手燭で照らしてからであった。

四

市ケ谷の旅籠は、その名も八幡屋《はちまんや》といった。おもに市ケ谷八幡宮への参詣人《さんけいにん》を泊め、市ケ谷界隈《かいわい》で一番の大ぶりな旅籠だった。染谷がここを選んだのは、目立つ旅籠のほうが、かえって泊り客は目立たないだろうとの判断からだった。それは当たった。

十手を持った遊び人に髷を乱した女の部屋に、羅宇屋と屋台のそば屋が入る。場末《ばすえ》の旅籠なら、たちまち仲居たちのひそひそ話になり、それが外に洩《も》れ、追っ手の耳に入れば、スワ見つけたりと、そこに目串《めぐし》を刺すだろう。だが八幡屋の客層は、武士から職人や百姓衆まで多岐《たき》にわたっている。この奇妙な一行でも、仲居たちの話題になることはなかった。

さらに、驚きとともに、瀬緒を安堵させる配慮がもう一つあった。部屋にはなんと、お仙の姿があったではないか。そのことが、瀬緒にこの上ない安堵感を与えた。

染谷が町駕籠の手配に出かけたとき、札ノ辻に寄ったのは、忠吾郎に仁左の策を告げ、お仙の合力《ごうりき》を求めるためだった。忠吾郎は二つ返事で応じ、宇平は心配そうにしていた。

落ち着いた先に、男ばかりでなく女のお仙がいたことの効果は大きい。

「お仙さんまで、わたくしのことを……！」

瀬緒のほうから、感極まった言いようだった。

ともかく瀬緒は別室でお仙の手を借り、髷や着物の乱れをなおし、あらためて仁左、染谷、玄八と対座した。お仙がいたわるようにつき添っている。

安堵はしているが、まだここに至った事態が飲みこめないのか、行灯《あんどん》の淡い灯りのなかに、あらためて一同を見まわした。屋敷の物置の中に手足を縛られ、猿ぐつわまでかまされ、恐怖のなかに半日閉じこめられていた。そこへ思いもよらず仁左の声が聞こえ物置から救い出され、遊び人風の男に支えられ屋敷を脱出した。そこにそば屋の玄八と駕籠屋がいて市ケ谷御門の外へ運ばれ、入った旅籠にお仙が待っていたのだ。

（いったい……）

なにがどう動いているのか、想像もつかない。その混乱を仁左は察したか、

「つまりだ、札ノ辻でのおめえさんの飛び出し方があまりにも尋常じゃなかったからよ。忠吾郎旦那が心配しなすって差配し、俺があとを尾《つ》けたのさ。手負いの若侍の一件で縁ができた菅野屋敷に駈け込むもんで驚いたぜ。さらに植込みの陰から見ていると、おめえさんが屋敷の者に打擲《ちょうちゃく》され、縛られて物置に放り込まれたもんだから、ますますの驚きだ」

「ううう」

瀬緒はそのときの悔しさを思い起こしたか、うめき声を上げた。

「だがよ、救い出そうにも一人じゃなあんにもできねえ」

「そこで、相州屋にゆかりのある俺たちにも、声がかかったってことだ」

仁左の言葉に染谷がつなぎ、玄八がうなずきを入れた。

あらましは判《わか》った。だが、解《わか》らない。瀬緒は問いを入れた。

「でも、どうして」

「あはは」

仁左が瀬緒の気をほぐすように笑い声を入れ、

「おめえさん、ひと晩でも札ノ辻の寄子宿《よりこやど》に泊まったなら、もう立派な相州屋の寄子《よりこ》だ。忠吾郎旦那はなあ、寄子が難儀に遭《お》うたなら、体を張ってでも助《す》けなさる。それが相州屋だと思いねえ」

「そう」

お仙が強くうなずきを入れ、

「あっしも相州屋の寄子みてえなもんで、おめえさんもそうでなあ、こういうことになるのさ」

と、玄八があとをつなぎ、染谷がふたたび口を開いた。

「きょうひと晩、ここで菅野屋敷の連中に肩透《かたす》かしをくらわせ、あした札ノ辻に戻りやしょう。そうすりゃあもう安心でさあ。俺もあしたの晩は念のため、一夜の寄子にならせてもらうぜ」

「えっ、また相州屋さんに⁉」

驚く瀬緒に仁左は言った。

「そこがこのお江戸で、一番安堵できる場所だと思いなせえ」

「そのとおりですよ、瀬緒さん」

お仙がまた相槌《あいづち》を入れた。

思うも思わないも、このさき瀬緒には行くところがないのだ。

仁左はつづけた。

「だからよう、あしたは忠吾郎旦那に、当初菅野家の名を明かさなかったみてえに、おめえさんが屋敷でこうなった経緯《いきさつ》を話さねえじゃ困るぜ」

染谷も玄八もお仙も、反応を待つように瀬緒の顔をのぞきこんだ。

瀬緒はそれらの視線を避けなかった。意を決したように、

「ここで話します。皆さまにいま聞いていただくのもあす話すのも、変わりはないと思いますので」

切り出し、あらためて一同を見まわした。

「わたくし、嘘を言ったわけではありません。殿のお手がついたのは、ほんとうなんです」

女のお仙も同座しているから、言える内容であろう。

「ですが、奥さまの逆鱗《げきりん》にというのは方便でした。申しわけありません」

すでにわかっていることであり、一同はうなずいた。

瀬緒の話はつづいた。

「菅野家の殿さまがまだ独り身で、これまでも屋敷の女中に手をつけたり、外に女を囲《かこ》ったりしておいでだったのは、わたくしも知っております。女には惨《むご》い話もありました。けれど、去年春に家督を継がれてから言い寄られたのは、わたく

し一人でございました。拒《こば》み切れず、かといって深入りしすぎれば、これまでにもあったように、非道《ひど》い仕打ちを受けるのではないかと、不安な日々を送っておりました」

仁左らの予想どおりである。さらに一同は〝惨い話〟の内容を聞きたいと思った。だが、肝心の札ノ辻に駈けこんだ理由が、まだ語られていない。仁左も染谷も、話の途中に問いを入れるのをひかえた。

瀬緒はつづけた。

「相州屋さんは菅野家の乗り物に便宜を図《はか》られましたから、すでにご存じと思いますが、菅野家は御使番から御使番見習いに降格され、家禄も半減し、殿は悶々《もんもん》としておいででした。そのはけ口が、わたくしになったのでございます。年が明け諸行事も一段落ついたとき、これまでの厄除《やくよ》けと気分転換にと、中間の源助一人をお供に川崎の初大師に参られました。それが転機となりました。その後の展開は、相州屋さんの方々もご存じかと思います」

「ふむ」

仁左はうなずき、

「川崎大師へは気分転換だったことはほんとうのようだなあ。で、中間の源助はなにゆえ」

つい武士言葉になりかけたのを、

「お伴がなんで源助ってえ中間一人だったんでえ」

言い換えた。

「はい。なにぶんお忍びだったものでして。源助はなにかと殿の私的な手足になっている中間で、わたくしどもは陰では腰巾着《こしぎんちゃく》と呼んでおりました」

「なるほど。それで?」

「相州屋さんが便宜を図られたあの手負いのお侍は、確かに中屋敷が札ノ辻に近い、浜松藩水野家のお方でした。殿はわたくしに申されました。川崎に同行した源助も同座しておりました」

「座は三人だけだったのか」

染谷もまたつい詮議《せんぎ》の口調になりかけたのを抑え、

「ほかに人はいなかったのかい。ご用人さんとか女中頭《じょちゅうがしら》さんとかはよう」

「はい、三人だけでした。なにやら秘密めいた座でした。そこで殿は語られたのです……」

瀬緒はあたりをうかがうように声を低めた。

「あの若いお侍は、井出七郎太さまと申されます。なんでも国おもてのご城代と江戸勤番のお留守居さまが、結託し不正を働いている手証《てしょう》を得られ、江戸のご主君に直訴しようと同志三人で浜松を発《た》ちましたが、二人は箱根山中で城代の差し向けた追っ手に斬られ、七郎太さまだけが生き延び、菅野《うち》の殿に助けられたのでございます」

瀬緒は直次郎から極秘に聞かされたことを、そのまま話しているようだ。源助も同座していたというから、

（嘘は言っていまい）

聞いている一同は、お仙も含め得心した表情になっている。

「殿は井出さまをお助けし、浜松藩六万石を揺さぶる、と。そこにわが菅野家の生きる道がある、と。井出さまは傷も癒《い》えられ、いまも屋敷の奥の部屋でかくまわれておいでです」

「ふむ、そうだと思うておったぜ。で、揺さぶるといっても相手は六万石、いかようにでえ」

仁左はさらに上体を前にかたむけた。隠れ徒目付《かちめつけ》として、最も知りたいところである。

瀬緒はひと膝《ひざ》まえにせり出し、さらに声を低めた。

菅野直次郎は言ったという。

「――こころして聞け。わしの本心を打ち明けるのはおまえたち二人だけだ。浜松藩は内に火種を抱え、井出七郎太の行方が判らぬとあっては、いま最も幕府の目を恐れているはずだ。そこでわしは、幕府がちかぢか巡見使を諸国に派遣するらしいとのうわさをながす。町場には源助、おまえがながすのだ。そのための酒手《さか》なら遠慮《て》はいらん。いくらでも出す。市ケ谷から赤坂あたりまでの町場を飲み歩いて来い」

このときはまだ瀬緒は、意味がよくわからなかった。

だが、源助は解していたらしく、言ったという。

「――さすれば、お屋敷にあちこちからずしりと重い菓子折りが届きやすねえ」

「――さよう。それをわしは柳営《りゅうえい》の要路にまわし、先代の地位を取り戻す。それまで井出七郎太をわが屋敷でかくまう。浜松藩水野家はのたうちまわろうぞ。この策をうまく進めるには、浜松藩の若侍たちと重臣たち双方の動きを把握しておかねばならぬ」

ここで直次郎は、

「──もそっと近《ちこ》う寄れ」

と、瀬緒と源助を手で引き寄せるように膝を前に進めさせ、

「──札ノ辻の相州屋なあ、あそこはどうも人宿《ひとやど》にすればお節介が過ぎ、みょうなところがある。そこをうまく利用するのだ。そこでだ、なあ瀬緒」

「──はい」

「──おまえは策を講じて札ノ辻の相州屋に入りこみ、暫時《ざんじ》そこの寄子となって街道をそれらしい新たな若侍が江戸へ入って来ぬか、さらに水野の中屋敷がそこに気づくかどうかを見張るのじゃ。方途はおまえに任す。おまえならできるはずじゃ」

直次郎は瀬緒を励ましたという。

八幡屋の部屋で、瀬緒はさらに言った。

「もし策がうまく行けば、殿さまはわたくしを正式に菅野家の奥に入れてやる……と」

「まあ。瀬緒さんが菅野家の奥方に！」

お仙が声を上げたのへ瀬緒は、

「はい。恥ずかしながら、わたくしはそれを信じ、夢見ました」

「その奥というのが、物置だったのかい」

玄八が言ったのを染谷は手で制し、お仙は、

「わかります、女なら」

理解を示した。瀬緒はそのとき、舞い上がったことであろう。

瀬緒はつづけた。

「源助には、ゆくゆくは中間から武士の若党に取立て、さらに用人にまで上げてやろうと約束なさいました」

士分ではなく下働きである中間にとって、これにまさる出世はない。源助が有頂天《うちょうてん》になったのは、聞かずとも手に取るようにわかる。

だが瀬緒はポツリと言った。

「ですが、こうなりました以上、このさきいかようになるかわかりませぬ」

瀬緒の覚悟であろう。菅野家から命を狙われる身になったことは確かなのだ。

それを思えば、

(俺の策、劇薬が過ぎたなあ)

仁左は思わざるを得なかった。同時にその思いは、

(瀬緒どのを絶対に護《まも》る)

との決意でもあった。

仁左は瀬緒の話のなかで、直次郎が相州屋について〝お節介が過ぎ、みょうなところがある〟と言ったのが気になった。直次郎は、ご政道にかかわる虚偽のうわさをながし、大名家を走らせ、浜松藩六万石を手玉に取ろうというほどの男である。〝みょうなところ〟が〝怪しいところ〟に進む可能性はある。今宵《こよい》の出来事から、すでにそう見ているかもしれない。

五

八幡屋での夜、瀬緒はすべてを吐き出したせいか、安堵のなかに眠れたようだ。

眠れなかったのは、仁左と染谷のほうだった。最も知りたかった、瀬緒の相州屋にもぐりこんだ目的がわかったのだ。相州屋を見張るのではなく、相州屋の面倒見のよさを逆手に取り、浜松藩の若侍一派と老獪《ろうかい》な家老一派の動向を探るためだったのだ。

それにもう一つ、このほうこそ仁左と染谷の知りたかったことである。うわさの背景と動機が判明したのだ。なんとも身勝手な、大それたものだった。仁左と染谷は思わずあきれて顔を見合わせたものだった。

その菅野屋敷も、眠れない一夜を過ごしていた。それもそのはずである。このたびの裏技《うらわざ》のすべてを知る一人が、物置から消えたのだ。せっかく広まったうわさの内幕が、そのあとを追ってながれたならどうなるか。

これまで菅野屋敷に菓子折りを持参し、七百石の旗本風情《ふぜい》に頭を下げた大名家はどう出るか。表立った非難はできない。目に見えない報復が、菅野家を襲うことになろうか。

それよりも、幕府が黙っていまい。直次郎は城内竜ノ口《たつのくち》の評定所《ひようじようしよ》に呼ばれ、若年寄、大目付、目付、寺社奉行、町奉行の五手のみならず、老中まで出座《しゆつざ》した六手掛かりの詮議がおこなわれ、切腹に家名断絶は免《まぬが》れないだろう。

眠れないどころか、暗くなり瀬緒のいなくなったのが発覚してから、屋敷は慌ただしくなっていた。

(屋敷内で、手助けした者がいる?)

若党から中間、腰元たちは当然のごとく詮議された。熾烈《しれつ》を極めた。門番の一人が直次郎に問い詰められ、潜り戸に内側からの小桟はかかっていなかったことを、証言と言うべきか白状した。

直次郎の顔色は変わった。

（外部から忍びこんだ者がいる。それも、忍者もどきの手練《てだ》れ）

と、状況は物語っている。

ならば、

（公儀隠密《こうぎおんみつ》!?）

考えられないことはない。

発覚と同時に、外へ走り出た中間の源助が戻って来た。

直次郎の前に出ると、そっと言った。

「市ケ谷御門も四ツ谷御門も、それに牛込《うしごめ》御門も、瀬緒さんらしい女人《にょにん》が出たようすはございやせん」

直次郎は蒼《あお》ざめるどころか、瞬時全身の血の泡立《あわだ》つのを覚えた。

発覚と同時に、源助を二カ所の御門に走らせた。もちろん瀬緒が外濠の外に出た形跡がないかどうかを探らせるためだった。屋敷から近いのは市ケ谷か四ツ谷である。源助は自分の判断で市ケ谷御門に近い牛込御門まで走っていた。

走ったものの、門番に訊きにくかった。腰元が逃げ出したなどとは言えない。

「——屋敷《うち》の奥方さまが腰元を町場へ遣《つか》いに出し、忘れ物をしやして追いかけて来たのですが、この御門を通りやせんでしたろうか」

と、中間姿の源助は訊いたのだった。訊かれた門番は当然、矢羽模様《やばねもよう》の腰元姿を想像する。

「——見なかったが」

どの御門の番士も言う。

午前《ひるまえ》に屋敷に舞い戻って来たとき、瀬緒は町娘の衣装だったのだ。源助は気を利《き》かせて言った。

「——町場に出るもので、町娘の身なりになっておりやしたが」

反応はあった。四ツ谷御門だった。

「——町娘なら午《ひる》すこしまえかなあ、急ぐように門内に入ったが、出たのはおらんなあ」

瀬緒のことに違いない。走り戻ったのは確認できたが、出た確証は得られなかった。

その報告に直次郎の血は泡立った。

(瀬緒は城内にいる)

濃厚になった。

城内のどこか。まさか、

(竜ノ口の評定所⁉)

直次郎にとって、これにまさる恐怖はない。

昼間の忙しさにつぐ夕刻の騒ぎに、奥の間にかくまわれている井出七郎太が心配顔で出て来た。

「いや、なにごともござらん。ちと内輪の問題でしてなあ。いましばらく奥にいなされ。貴殿の赤誠《せきせい》には感服しておる。悪いようにはせぬゆえ」

直次郎が言ったのへ、七郎太はおとなしく従った。なにしろ七郎太にとって直次郎は命の恩人であり、すべてを話し、合力も頼んでいる。おとなしく奥の部屋に戻る以外なかった。だが、外の動きから遮断されている不安はある。

直次郎にとって、七郎太はふところに飛びこんだ福の神である。これによってこたびの出世への裏技を思いついたのだ。向後《こうご》の策を立てるにも、七郎太抜きには考えられない。それが掌中《しょうちゅう》にある以上、いかようにも使えるのである。

七郎太の背が奥に戻るのを見送り、源助は言った。いま裏庭に面した縁側は、直次郎と源助の二人だけである。

「旦那さま、悲観するのはまだ早《はえ》えですぜ。御門の番士は、出入りの者をいちいち見ているわけじゃありやせん。見落としってこともありまさあ」

「瀬緒は評定所じゃないというのか」

「へへ。評定所なら、お目付さまから、なんらかのお達しがご当家にあるんじゃねえですかい。ありやしたかい」

「ない。ならば瀬緒は、町場に出たと申すか。どこへ」

「そこでございまさあ。瀬緒さんはきのうから、どこにおいででやしたかね」

「札ノ辻だ。あ、おまえ、相州屋が怪しいと言うか」

「瀬緒さん、きょういきなり戻って来やしたが、相州屋がなにか細工したのかもしれやせんぜ。あそこの旦那、只者《ただもの》じゃございませんぜ」

「それはわしも感じた。裏庭の長屋で、寄子かなんだか知らんが、みょうなのがちらちら顔を出していたしなあ」

「そうでやしょう。どうもあそこは得体《えたい》が知れやせん。川崎からの帰りのつなぎにしちゃあ、なにもかも出来過ぎちゃいやせんでしたかい。いまふり返《けえ》ってそう思うのでやすが。町場で瀬緒さんと結びつきがあるところといえば、相州屋だけじゃござんせんかい」

源助にすれば、武家のなかで最下層の中間暮らしから、尋常なら望むことすら畏《おそ》れ多い二本差の士分に取立てられるかどうかの瀬戸際なのだ。必死であれば、勘も鋭くなる。

「うーむ」

直次郎は考えこみ、

「わしらは相州屋を単に便利で手ごろな人宿としか思っていなかったが、言われてみればそのとおり、出来過ぎておる。瀬緒をあそこに送りこんだのは、まずかったかもしれんなあ。そこでなにかを吹き込まれたとすれば、相州屋め、ますます得体の知れぬことになるなあ」

つぶやくように言った。そこに思われる疑念はまだおぼろであったが、源助が必死であれば、直次郎もまた一転、千二百石を回復し御使番に戻れるか、切腹に家名断絶かの土壇場《どたんば》に立たされているのだ。打てる手があれば、早急《さっきゅう》に打たねばならない。

だが、すでに夜は更けている。自儘《じまま》に動ける町場と異なり、城内ではかえって身動きが取れない。

「あした早くに、あっしがちょいと札ノ辻へ、探りを入れて来やしょうか」

「よし、そうせい」

主従はあらためてひたいを寄せ合った。

すでに深夜であった。

六

瀬緒とて、熟睡できたわけではない。真夜中に風の音にも目を覚ましてあたりを見まわし、

（わたしの命、つながっている）

思ったものである。

朝になり、日の出前に寝床を出て最初に身支度をととのえたのも瀬緒だった。

お仙がそれにつづき身支度をすませたころ、ふすま一枚となりの部屋で仁左、染谷、玄八が浅い眠りから目を覚ましていた。

きょうのそれぞれの分担はすでに決めている。

市ケ谷の町場は八幡宮の門前町を兼ねており、八幡屋をはじめ旅籠はいずれも

宿場町と違って朝の喧騒《けんそう》はない。八幡屋でわらじを足に結んだのは、遊び人姿の染谷が最初だった。日の出より間もない時分だった。ふたたび市ケ谷御門から城内に入り、菅野屋敷の近くを経て呉服橋御門に向かった。北町奉行所に向かったのだ。隠密廻《まわ》り同心の染谷結之助は、一刻も早く奉行の榊原忠之に、昨夜瀬緒が語った内容を報告したかった。その内容は、こたびの巡見使騒ぎの内幕を語り尽くしている。同時にそれは、浜松藩水野家の留守居役大垣俊之助が町奉行の榊原忠之に要請した内容すべてへの回答でもあった。

つぎにそば屋の玄八が八幡屋を出て屋台を担ぎ、市ケ谷御門を入った。玄八は連日の菅野屋敷近辺への出陣となるが、菅野家の権門駕籠が相州屋へ七郎太を迎えに出向いたとき、寄子宿にいなかった。だから玄八が連日菅野屋敷の近くに屋台を据えても、菅野屋敷でそれを札ノ辻と結びつける者はいない。

八幡屋の部屋に残ったのは、仁左とお仙、瀬緒の三人である。もちろん仁左も瀬緒の語った内容を、早く目付の青山欽之庄に伝えたかった。それが隠れ徒目付の役務である。だが仁左は青山欽之庄への報告よりも、瀬緒を護って札ノ辻へ帰ることを優先させた。札ノ辻に着けば、まっさきに忠吾郎へことの顚末《てんまつ》を話すことになるだろう。それがまた、相州屋の新たな策の出発点ともなるのだ。

染谷と玄八が間を置いて八幡屋を出たとき、土地《ところ》のやくざたちが近辺の町場に聞き込みを入れていた。八幡屋の近くにもその声は入っていた。

源助に買収され、市ケ谷から四ツ谷一帯に件《くだん》の巡見使のうわさをながすのにひと役買った男たちである。源助が念のためにと朝早くに動員したのだ。

――男二、三人に護られた女
聞き込みの材料はそれだけである。成果はなかった。八幡屋から変わったうわさはながれ出ておらず、それにいま部屋に残っているのは、男一人に女二人である。その三人はちょうど出立《しゅったつ》の用意を整え、玄関から寄付《よりつき》の板の間に出て来たところだった。やくざたちのあいだへ割りこむように、

「へい、お待たせいたしやした」

と、町駕籠二挺が八幡屋の玄関前に駕籠尻を着け、女二人が乗りこんだ。仲居に見送られそれらが八幡屋の前を離れたとき、やくざたちはまだそこにいた。

羅宇屋が出て来た。

（ん？　こやつら、菅野屋敷に使嗾《しそう》された連中か）

思いはしたが、そしらぬ風で仲居に見送られ、町駕籠が去ったのとおなじ方向に羅宇竹の音を響かせた。ただそれだけのことで、やくざたちはさきほどの女の

二人連れとあとから出て来た羅宇屋に、まったく関心を示さなかった。仁左の顔を知っている源助が来ていないのは、このときはさいわいだった。

源助は中間とはいえ直次郎が側近にするだけあって、若いにもかかわらず、なかなかの切れ者のようだ。

早朝に市ケ谷御門を出て土地のやくざ者たちに瀬緒の探索を依頼すると、その足で札ノ辻へ向かっていた。中間姿でなく、川崎大師へ直次郎の供をしたときのような、町衆姿で脇差を帯びていた。仁左たちは市ケ谷御門から外濠に沿った往還を、いくらかの間を置き、源助を追うかたちになった。そのことに双方は気づいていない。さきに市ケ谷御門を入った染谷と玄八も、御門を出る源助の姿は捉《とら》えていなかった。

源助は、瀬緒を連れ出したのは公儀の者でなければ、相州屋の者以外にあり得ないと踏んでいる。

(ならば、相州屋はいってえ、なんなのでえ)

札ノ辻へ向かう一歩一歩に思われてくる。亭主の忠吾郎に義侠心《ぎきょうしん》があれば、寄子の一人が隠密の徒目付であり、そこに出入りする者が北町奉行所の隠密廻り同心とその岡っ引であることなど、およそ想像の範囲外である。その一端をつかんだとしても、全容を把握することは困難である。

　勇んで市ケ谷御門を出たものの、相州屋に関しては考えれば考えるほどわからなくなり、不気味に思えてくる。探りを入れるどころか、近寄ることさえ恐ろしくなる。

　その足が止まった。街道から分岐している往還で、あと一歩踏み出せば相州屋の暖簾《のれん》が見える地点である。外濠に沿った往還に歩を踏んでいるときは、向かいの茶店の女に訊けば、

（およそのことは判るだろう）

　と、思っていた。

　だが、いまは異なる。

（あの茶店も、相州屋の手の者……？）

　思えてくるのだ。手負いの井出七郎太を町駕籠から権門駕籠へ移し替えたとき、茶店と相州屋が一体となっていたことへ、いまさらながらに思いが至ったのである。屋敷の物置から瀬緒を連れ出したのが相州屋とするなら、その手先の茶店に聞き込みを入れたりすれば、そのあとどうなるか知れたものではない。

　いくらか心ノ臓を高鳴らせ、きびすを返そうとしたときだった。運がよかった

蠟燭《ろうそく》の流れと言えよう。朝早くに出て来たせいかもしれない。目の前の街道を、買いと付木《つけぎ》売りの婆さん二人が、高輪のほうへ向かうのが目に入った。

二人は寄子宿の路地を出ると茶店の縁台に座りこみ、昨夜瀬緒が帰って来なかったことを話題に、しばしお沙世と話しこんでいた。お仙と仁左も帰って来なかったのだから、お沙世にとっても気になる。そこへ忠吾郎も加わり、原因についてはうまくはぐらかしていた。忠吾郎はいま、その帰りを待っているのだ。

源助はただ、物陰に入って二人が通り過ぎるのを待ち、いくらか間を置いてあとを尾け、茶店から見えなくなったところで、

「おう、婆さんがた。相州屋の寄子さんとお見受けするが」

声をかけた。中間姿だったならおクマもおトラも気がついたかもしれないが、染谷に似た町場の遊び人姿である。あのときの中間と気づかないまま、二人とも怪訝《けげん》な表情で若い遊び人を見た。

源助の言葉は巧《たく》みだった。

「お向かいの茶店よ、ついこのめえ通ったとき、いつもの姐《ねえ》さんのほかにもう一人、色っぽい姐さんが出てたけどよう、きょうはいねえ。日切《ひぎ》りの手伝《てつで》えだったのかい。もう一回拝《おが》みたくって、せっかく来たのによう」

「ほ、瀬緒さんのことかえ。さすが兄さん、目が早いねえ。確かにあの女《ひと》、若くて色っぽいからねえ」

「瀬緒さんなら、きのうどこかへ行って、きょうにも戻って来るって、さっき相州《うち》屋の旦那が言ってたけどねえ。兄さん、いい目してるよ。あの女、どこだか知らないけど、お武家奉公してたらしくって品もあるからねえ」

おトラとおクマは、からかうような口調で返した。

大成果である。瀬緒の名まで出た。それに、きのう出かけてきょう帰って来る……。それを相州屋の寄子が知っている。相州屋がこたびの一件にからんでいることは、もう確かとみてよい。

源助もなかなかの芝居上手で、照れるように言った。

「いやあ、まあ、町場の茶店にゃ、もったいねえような姐さんだったからよう。そのうちまた拝ましてもらいに来らあ」

聞き込みにはいい雰囲気になっている。さらに訊けば雰囲気はこわれ、警戒されるかもしれない。言うときびすを返した。

「瀬緒さん、そんなにいい女かねえ」

「さっそく目をつけて、調子のいい兄さんだよ」

源助は婆さん二人の言っているのを背に聞き、街道から脇道に戻った。

瀬緒は相州屋に戻って来る。どのようなかたちで、……そこを知りたい。

源助は腕を組み、狭い脇道にゆっくりと歩を取っている。

(見張りに行こうか)

思う。だが、相州屋そのものの得体がますます知れなくなったいま、札ノ辻一帯は相州屋の縄張とみるのが無難だ。つまり、見張る場所がない。どんな手練《てだ》れがいるかも知れない。下手を打って見張りがばれたなら、

(こんどは俺が手足を縛られ、裏の長屋の中に転がされらあ)

身をブルルと震わせ、脇道に歩を速めた。札ノ辻から遠ざかる。

このとき、あとすこし札ノ辻の近くに身を置いていたなら、羅宇竹の音を背後に従えた町駕籠二挺が歩を踏み、駕籠ごと寄子宿への路地に入るのを目撃することになっただろう。だがいま念頭にあるのは、

(瀬緒は相州屋に……このことを早く旦那さまに)

その一点となっている。

走った。

その源助が番町の菅野屋敷へ駈けこむ姿を、屋台の玄八が捉《とら》えた。屋敷の近く

に出ているそば屋の屋台は、源助の目にも入ったはずである。もし源助が、相州屋の路地に入る町駕籠二挺に羅宇屋がつながっているのを目撃していたなら、そば屋にも〝あるいは〟と、疑いをかけたことであろう。だが源助は、老いたおやじが出している屋台に、なんら感じるものはなかった。

逆に玄八は、

(野郎、なにかつかんだようだな)

思いながら、そのまま菅野屋敷の近くに居つづけた。

七

二挺の町駕籠と羅宇竹の音が寄子宿への路地に入ったのは、源助が札ノ辻を離れたときだった。

相州屋の裏庭に面した居間に、忠吾郎、仁左、お仙、瀬緒がそろった。お沙世もがまんしきれず、

「お爺ちゃん、お婆ちゃん、外の縁台、またお願い！」

暖簾の奥に声を入れるなり、向かいの路地へ下駄の音を響かせた。

宇平はきょうも、お仙を心配しながら、水野家中屋敷を離れず近づかずのところに古着の竹馬を据えている。

縁側からお沙世が、

「よかったあっ、瀬緒さん、無事でえっ」

と、居間に飛び込んだところで、瀬緒は昨夜、市ケ谷御門外の八幡屋で語ったことをふたたび話した。忠吾郎は終始真剣な表情で聞き入り、

「そ、そんな！」

お沙世は内容に絶句した。

朝早くに八幡屋を出て呉服橋御門に向かった染谷結之助もいまごろ、北町奉行所の奥の部屋で榊原忠之に、おなじ内容を話していることだろう。

聞き終え、忠吾郎は言った。

「ともかく、殺されるめえに救い出せたのはよかった」

いまさらながらに、瀬緒は身をブルルと震わせた。

忠吾郎はつづけた。

「てめえの欲のために大名家を慌てさせ、浜松藩六万石の泣き所をつかんでなんとかしてやろうなどと企《たくら》んでいるやつらだ。早晩、ここも嗅《か》ぎつけよう」

「きょう帰る途中、気をつけておりやしたが、やがてそうなりやしょう。どうしやす」

仁左も言った。

「ならば、どこか安全なところへお移しすれば」

「そう、それがいいですよ」

お仙が言い、お沙世が押した。

瀬緒は蒼ざめたうえに、苦痛を刷《は》いた表情になっている。

忠吾郎は言った。

「それができりゃあ、それに越したことはねえ。移す場所もねえではねえ」

言う念頭には、口入屋として得意先になっている武家屋敷や大ぶりな商家、それに北町奉行所も浮かんだ。

言葉をつづけた。

「だがな、考えてみろ。瀬緒さんは菅野家の手の内を知り尽くしている。向こうさんは草の根《ね》を分けても探しだし、息の根をとめようとするだろう。かくまってもらったお家まで騒動に巻きこみ、多大の迷惑をかけることになる」

なかでも榊原忠之なら、忠吾郎に頼まれれば嫌とは言わないだろう。だがそれは、町奉行が旗本と大名家の揉《も》め事という支配違いの場に足も手もつけることになる。おもてになったとき、町奉行所、大目付、目付、若年寄を巻き込んだ重大問題に発展するのは目に見えている。町奉行所は、最も安全で最も避けなければならない隠し場所なのだ。

そのほかの屋敷も商家も、似たようなものである。頼めばひと肌脱ごうという家もあろうが、問題を他の武家地や町場に拡大することになる。

仁左が無言のうなずきを見せた。即座にそれらを解したのだ。

達磨《だるま》顔の忠吾郎はその視線《しせん》を瀬緒に向けた。

「瀬緒さん、あんたには不便を強いることになるが、時が来るまでだ。しばらく寄子宿《こ こ》に引きこもってもらう。おもてに一歩も出ちゃあならねえ」

「は、はい」

瀬緒は身をこわばらせて返し、

「そ、それで皆さま、いえ、皆さまにご迷惑が……よございましょうか！」

上《うわ》ずった口調だった。

お仙が瀬緒を慰めるように言った。

「よいも悪いも、それしかないでしょう、瀬緒さん」

「そう、それが相州屋なんですよ。ねえ、旦那」

お沙世も言った。

忠吾郎は無言のうなずきを見せ、仁左もそれを確認するようにうなずいた。

午前《ひるまえ》、染谷が相州屋に顔を出した。遊び人姿である。忠吾郎と仁左にそっと言った。

「呉服橋の大旦那は、〝よしなに〟と言っておりやした」

やはり奉行所は、事態は掌握しても関与は避けたいようだ。忠吾郎も仁左もうなずいた。忠之にすれば、腹心の染谷結之助とその岡っ引の玄八を相州屋に派遣するのが精一杯であろう。それすらも、支配違いの行為なのだ。

午過ぎ、

「へいっ、戻って来やした」

と、菅野屋敷を張っていた玄八が、屋台を担いで戻って来た。この時分に帰って来るなど、そば屋の商いはほとんどできなかっただろう。

相州屋の裏庭に面した居間で玄八は言った。仁左と染谷も同座している。

「源助の野郎、どこへ行っていたのか、遊び人姿で屋敷へ戻って来ると、こんどは中間姿で出かけるじゃござんせんかい。あとを尾けやすと、このめえとおなじ水野さまの中屋敷でやした。ほど近《ちけ》えところに宇平どんがいやしたので、あとの見張りを託しておきやした」

忠吾郎、仁左、染谷は顔を見合わせた。敵対すべき両家が、こうも頻繁につなぎを取り合うなど、いまひとつ事態が呑みこめないのだ。

玄八が戻って来て半刻（およそ一時間）もしないうちに、

「水野屋敷から権門駕籠が出まして、お供にはお屋敷の中間一人に、なんとさっき屋敷に入ったばかりの菅野屋敷の源助がついておりました。尾けようと思ったのですが、竹馬を留守にすることもできず、とりあえず報告にと思いまして」

と、宇平が戻って来て言う。正解である。古着の竹馬を担いで権門駕籠のあとに尾いたなら、目立ってすぐに尾行と気づかれよう。

忠吾郎、仁左、染谷、それに玄八はまた顔を見合わせた。権門駕籠でたとえお忍びであっても供が中間二人では、あるじの水野忠邦ではありえない。考えられるのは、江戸留守居の大垣俊之助である。

遣《つか》いの者が来ると、即座に留守居役がその者と出かける。事態の切羽《せっぱ》詰まっていることが窺《うかが》われる。

相手が焦《あせ》れば、受ける側にも自然それは伝搬《でんぱん》する。目が離せない。

忠吾郎は宇平に言った。

「帰ったばかりですまねえが、もう一度行って暗くなるまで動きを見張っていてくんねえ」

お仙も肯是《こうぜ》のうなずきを示し、宇平は嫌な顔をすることなく、ふたたび古着の竹馬を担いで出かけた。場所がすぐ近くなのがさいわいである。

一方、大垣俊之助の行く先はおよそ見当がつく。赤坂の料亭であり、相手は菅野直次郎であろう。暗黙の了解か一同はうなずきをかわし、染谷と玄八が出かけた。屋台は担いでいない。この二人の尾行にソツはない。

一刻（およそ二時間）ほどで戻って来た。

染谷が言う。

「やっぱり赤坂の料亭で、菅野直次郎と大垣俊之助の談合で、直次郎も権門駕籠で来ておりやした」

内容はわからない。

「うーむ」

忠吾郎は考えながらうなずき、言った。

「菅野は瀬緒を奪われ、世間を愚弄《ぐろう》する所業が、すべて明るみになることを恐れているはずだ。菅野直次郎が策士なら、てめえの尻に火が着いたことくれえ自覚していようよ。窮鼠猫《きゅうそねこ》を噛《か》むというが、やつめ、尋常じゃ考えられねえ挙《きょ》に出るやもしれねえ。いよいよ目が離せねえぞ」

裏庭に面した縁側である。陽が西の空にかたむいている。仁左と染谷、玄八、お仙がそこにいる。

お沙世はもうおもての茶店に戻っていたが、この顔触れがいまの相州屋の主力である。片すみに瀬緒がこれまでになく、怯《おび》えるように縮《ちぢ》こまっている。奥の寄子宿の長屋が安全とはいえ、一人でいるのが恐ろしいのだ。

おクマおトラが帰って来た。

縁側にいつもの顔ぶれと瀬緒がいるのを見ると、

「あーら、瀬緒さん。やっぱり帰ってたんだ。きょう朝さあ」

言いながらおクマは縁側に近づき、

「若い男がねえ……」

瀬緒をからかうように、朝方聞き込みを入れられた一件を語った。

みるみる瀬緒の顔が蒼ざめた。

「そんなに考えることないさね。遊び人のような男で、まあ、よくあることじゃないの。また来るなんて言ってたけど」

つないだおトラも、からかい口調だった。

仁左が真剣な表情で、男の年格好を聞いた。中間姿ではなかったものの、源助とみて間違いないようだ。

場は緊張に包まれた。

「な、なんなんだね、みんな」

「どうしたんだかねえ」

事情を知らないおクマとおトラは、首をかしげながら長屋に引き揚げた。

春とはいえ寒さを感じる夕陽を受け、それぞれの緊張感は増した。菅野屋敷はすでに、瀬緒が相州屋に戻ったのをつかんでいたのだ。

（ならば、どのように仕掛けて来るか）

一同の脳裡を走った。

菅野屋敷である。札ノ辻から走り戻った源助は、息せき切って報告していた。

裏庭で受けた直次郎は絶句し、

「いったい、相州屋とはなんなんだ」

早口でつぶやくように言い、あとはことさらに落ち着き、

「詳しく探りを入れねばならぬが、それよりも巡見使の件だ。どんなうわさが流《る》布《ふ》されようと、さきにながしたうわさは容易に消えるものではない。ともかく浜松藩を敵にまわすのではなく、逆に恩を売り、味方にしておかねばならぬ。そこにこたびの悲願成就《ひがんじようじゆ》の道はまだ拓《ひら》けよう。おまえがわが菅野家の用人になれるかどうか、その正念場であるぞ。励め」

「はっ」

源助は片膝を地につけた。

そのあとすぐ源助は直次郎の差配で中間姿に戻り、水野家の中屋敷に走り、折り返すように留守居の大垣俊之助の供をして赤坂に出向いたのである。そこに来ていたのが、染谷の見抜いたとおり、菅野直次郎だったのだ。

それらの動きを染谷、玄八、宇平が捉えていたことになる。

赤坂の料亭での談合は前回とおなじく密談であり、すべてを知る瀬緒を生きたまま逃《のが》したことに対応する緊急の謀議であり、それは源助の一連の動きから、直次郎のほうから仕掛けたものであることが看て取れる。

なにが話されたのか、尋常では考えられないような策が、直次郎の舌頭に乗せられたことが予測できる。

# 四　古川端《ふるかわばた》の戦い

一

日の入りが近い。

おもての街道は、きょう最後の慌《あわ》ただしさを見せ、茶店の客足が途絶え、一度は店に戻ったお沙世がふたたび相州屋の居間に来ている。そんな街道の動きを見ていると、凝《じ》っとしていられなかったようだ。

忠吾郎、仁左、染谷、玄八、それにお沙世、お仙の顔が居間にそろい、さらに瀬緒も部屋の片すみに小さくなり、端座《たんざ》している。

赤坂でなにが話し合われ、向後《こうご》どのような動きを見せるのか。予測できるのはただ、尋常ならざる仕掛け……である。つまり、予測が……立たない。

いま長屋の部屋にいるのは、おクマとおトラだけである。さきほど自分たちだけが浮いた感じになり、はなはだ機嫌が悪い。

「きょうはもう、さっさと寝ましょう」

「そうしよう、そうしよう」

などと話していた。

母屋の居間では予測がつかず、一同が緊張ばかりを募《つの》らせているなかに、宇平が戻って来た。

「おおう、宇平の父《とっ》つぁん。戻って来たかい。上がんねえ、上がんねえ」

と、玄八。

一同はとくに宇平を待っていたわけではない。だが、いずれもがまるで待っていたかのように迎えた。

宇平は玄八と違い正真正銘《しょうしんしょうめい》の年寄りで、本物の皺枯《しわが》れた声で言った。それが幾分上《うわ》ずった口調になっていた。

「いましがた、権門駕籠《けんもんかご》が中屋敷に戻りました。したが、みょうなのです。駕籠は二挺になっているのです。不思議に思い竹馬を離れ、あとを尾《つ》けました。一挺は裏門から入り、もう一挺は裏門の外に停まり中へは入りませんでした。入ったのは間違いなく水野屋敷を出た駕籠でしたが、もう一挺も見覚えがあります。菅野屋敷から、相州屋《うち》へ手負いの井出七郎太さまを迎えに来た駕籠でした」

「なんだって!」

忠吾郎が声を上げ、座の緊張は一挙に増し、すみで小さく端座していた瀬緒も顔を上げ、ひと膝《ひざ》まえにすり出た。

「話せ」

「へえ」

忠吾郎がうながしたのへ、宇平はふたたび語りはじめた。

「しばらくすると武士が四人、中から出て来ました。裏門の外で待っていた駕籠は四人の武士に護《まも》られるように駕籠尻を上げました」

「その駕籠に乗っていたのは誰ですかい。中間の源助は供をしていやしたか」

早口に仁左が問いを入れた。この場の誰もが知りたいことである。

宇平は言う。

「中に入った駕籠は水野家のお人でしょうが、外で待っていた駕籠は、駕籠尻を上げたときの陸尺《ろくしやく》のようすからも、空《から》駕籠だったと思われます」

武家奉公に練達している宇平の目である。間違いはないだろう。

「えぇぇ！」

「どういうこと！」

お仙とお沙世が声を上げ、座はざわついた。

宇平はつづけた。

「供は源助でした。空駕籠につき添い、屋敷の中には入りませんでした。ほかにもう一人、中間がついておりました。これも待っているあいだに源助と親しそうに話していましたから、菅野家の者に間違いないでしょう」

「それで、空駕籠は？」

染谷がさきを急《せ》かした。

「はい。源助ら中間二人を供に、四人の武士に護られ、外濠《そとぼり》の溜池《ためいけ》のほうへ向かったのを確認し、急いで竹馬に戻り、店仕舞《じま》いのように担《かつ》いで帰って来た次第でございます」

一同はそれぞれに顔を見合わせた。なんとも奇妙である。

仁左が言った。

「動いておりやすぜ、なにかの企《たくら》みが。いま、この時刻にもさあ」

忠吾郎が無言のうなずきを見せた。

玄八が口早に言った。

「いま動いているその空駕籠、番町に帰《けえ》るのかどうか。なあに、向こうは目立つ権門駕籠だ。急ぎゃあ四ツ谷御門あたりで追いつけまさあ」

「よし、そうしよう。俺もつき合うぞ」

染谷が言ったときには、二人ともう腰を上げていた。

「頼むぞ」

忠吾郎は背を押した。

この場のいずれもが、仁左の言ったとおり、いまこの時刻にも、

（なにやらが動いている）

ことを慥《しか》と受け取ったのだ。

瀬緒が顔を上げた。

「でございましょうが、いまからでは四ツ谷御門は、いえ、いずれの御門も、武家でなければ入れませぬ」

「なあに、染谷たちなら大丈夫だ」

忠吾郎が太い声で言った。

「えっ？」

瀬緒は小さく声を上げたが、まだ遠慮があるのか、それ以上は口をつぐんだ。それとも、この相州屋には、

(秘策がありそうな)

思ったのかもしれない。

ある。相州屋だからではない。染谷のふところには、十手《じって》が入っているのだ。

「あ、玄八さん、これを。旦那《だんな》、よございますね」

お沙世が立ち、部屋の隅《すみ》に置いてあった無地の提灯《ちょうちん》を取って玄八に手渡した。

忠吾郎は無言でうなずいた。尾行《びこう》に屋号入りの提灯はまずい。

(すまねえ、なにもかも任せちまって)

仁左は心中で詫《わ》びた。仁左も番士に口頭で身分を明かせば、染谷たち以上にいずれの城門も勝手往来となる。だがそれは、忠吾郎や染谷に勘づかれていようといまいと、自分の口から明かすことはできない。それが公儀隠密《こうぎおんみつ》である隠れ徒目付《かちめつけ》の役務でもあるのだ。

街道は日の入りとともに、往来の人影が閑散となりつつある。外に出た二人は同心の旦那と働き盛りの岡っ引の関係に戻った。玄八は老けづくりのままだが、屋台は担いでいない。

「急ぐぞ」

「へいっ」

染谷の声に玄八は折りたたんだ無地の提灯をふところに入れた。これから急速に暗くなるが、まだ提灯は必要ではない。

なかば駈け足である。

外濠の溜池近くで、

「旦那、提灯に火を」

玄八が屋台のそば屋を見つけた。

「おう」

と、染谷も足をとめた。目的は提灯に火をもらうだけではない。玄八には屋台の同業で、顔見知りだった。

「きょうは早めに仕事を終えてなあ」

と、適当に言いつくろい、訊いた。権門駕籠である。

「それならちょいとめえだ。だがよ、侍はついていなかったぜ。お供は中間さんが二人だけという、寂しい権門さんだったなあ。それに陸尺の人ら、急ぎ足でよ」

おやじは応《こた》えた。

武士四人がいない。いずれかにまわったか引き返したか……気になる。だが、供が中間二人というのは符合する。間違いない。菅野家の駕籠で、供の一人は源助であろう。染谷は目で玄八に言った。

(追うぞ)

(がってん)

玄八も目で応えた。だが〝ちょいとめえ〟といっても幅がある。細かく質《ただ》せば訝《いぶか》られる。顔見知りならなおさらだ。ともかく菅野家の空駕籠が外濠沿いの往《おう》還《かん》に入ったことだけは確認できたのだ。

「ありがとうよ」

玄八は火の入った提灯を手に、染谷ともども早々に屋台を離れた。

急いだ。

相州屋の居間では、

「心あたりはないか」

忠吾郎が瀬緒に視線を向けていた。仁左、お沙世、お仙、それに宇平たちの目

も、瀬緒にそそがれた。瀬緒はそれらの視線のなかに、

「菅野の駕籠が空で水野さまのお屋敷に行き、源助を供にそのまま引き揚げたというのは、意図は読めませんが……」

言いながらひと膝もふた膝も前にすり出た。

「読めませんが？　どういう意味でえ」

仁左が問いを入れた。仁左は瀬緒にとって、屋敷に忍びこみ直接自分を救い出してくれた恩人である。

「はい」

素直な返事だった。瀬緒はすでに、この場に溶けこんでいる。

「菅野はいま巡見使《じゅんけんし》のうわさの欺瞞《ぎまん》が暴露されるのを恐れているはずです。当初の目的は、井出七郎太さまを掌中《しょうちゅう》にし、浜松藩水野家を揺さぶり、幕閣に御使番復帰と家禄の回復を願い出る後押し役に仕立てる算段でした」

忠吾郎と仁左はうなずき、お沙世とお仙は、

「なんと、大それた」

「さようなこと、叶《かな》いますまいに」

驚きの声を上げた。

瀬緒はつづけた。みずからも加担し菅野家の奥方の座を狙っていただけあって、話すことに現実味があった。

「ここからは憶測でございますが……。菅野のことです、井出七郎太さまを水野家に売らないとも限りません」

「どういうことだ」

忠吾郎が問いを入れた。

「はい」

忠吾郎に対しても、瀬緒は頼るように応じた。仁左を差配し、染谷や玄八たちも束《たば》ねている将なのだ。

「井出さまを水野さまに差し出し、引き替えに水野家六万石の後ろ盾《だて》を得ようとするかもしれないということです」

「まあっ」

「なんてことを！」

お沙世とお仙は絶句し、仁左は言った。

「なるほど、六万石を脅《おど》して味方にしようとしていたのを、こんどは逆に媚《こ》びて味方になってもらおうとの策に変えたってわけか。瀬緒さん、あんたの存在価値、とてつもなく大きいぜ」
「なにもかも、仁左さんをはじめ、染谷さん、玄八さん、それに差配なさってお
いでの忠吾郎旦那、それを支えておいでのお沙世さん、お仙さん、宇平さん……
皆さまのおかげと感謝しております。わたくしが生きていまここでこうしておら
れますことも……」
「まあ、それはともかくだ。瀬緒さんの見立て、間違っちゃいねえだろう。いま
敵地に出張《でば》っている染どんと玄八どんに、このことを早《はよ》う知らせてやりてえぜ」
仁左が焦るように言った。

二

提灯に火を入れ、外濠の溜池を過ぎた染谷と玄八は、件《くだん》の空駕籠に四ツ谷御
門の手前で追いついた。

「あれだ、間違《まちげ》えねえ」

「そのようで」

間合いを縮めた。すでにあたりは、ふり返られても見えるのは提灯の灯《あか》りのみ

である。はたして武士四人というのは見あたらず、中間二人がついている。一人は源助であろう、陸尺の足元を提灯で照らしている。尾ける側からも、供の影の数はわかるが、顔は確認できない。ほかに供の者のいないのは、なにやら秘密の動きのように思える。

外濠に沿った人気《ひとけ》のない往還に歩を進めている。片側は武家屋敷の白壁がつづいている。

町場に入った。四ツ谷御門前である。灯りはすでにない。

「ん?」

染谷と玄八は同時に気づいた。駕籠は四ツ谷御門への橋に入らず、前を通り過ぎさらに北へ進んでいるのだ。町場を過ぎ、ふたたび片側は白壁となり、往還は濠《ほり》に沿ってゆるやかに東へ湾曲している。つぎの御門は、市ケ谷御門である。溜池や赤坂方面から番町の菅野屋敷へ帰るには、四ツ谷御門から城内に入るのが最も近い。市ケ谷御門にまわれば、濠を大きく迂回することになる。玄八が歩を踏みながら、低声で言った。

「あの空駕籠、どこへ行くつもりなんでやしょうねえ」

「どこかへ立ち寄るのか。それとも市ケ谷御門の番士には鼻ぐすりを効かせており、誰何《すいか》されずに入れるといっただけのことか。このまま尾けるぞ」

「へいっ」

何か起こりそうなことに、玄八は元気が出て来たようだ。

人通りはない。かすかな水音を聞きながら、前方に権門駕籠の提灯が揺らいでいるのみである。

白壁が途切れた。不意に市ケ谷御門前の町場が広がる。いかに市ケ谷八幡宮の門前町を兼ねているといっても、すでに表通りは暗く閑散としている。それでも門前町か、あちこちの枝道に料理屋や旅籠《はたご》、飲み屋の灯りが点々と見える。

駕籠はその枝道の一本に入った。

「あっ、旦那。やつら、八幡屋への道に入りやし《へえ》たぜ」

思わず玄八は声を上げた。そこは菅野屋敷から救い出した瀬緒をともない、仁左やお仙と一緒に一夜の厄介《やっかい》になった八幡屋のある枝道なのだ。

「空駕籠で八幡屋？　誰かを迎えに行く？」

染谷は返し、足を速めた。

駕籠と至近距離になる。暗くなっているうえに、町場は武家地と違って物陰が多く、それだけ尾行や張込みがしやすい。

はたして駕籠は八幡屋の玄関前に停まった。そこには軒提灯もあり玄関からの灯りもある。その一画だけが明るい。物陰から偵察するには、至便《しべん》な条件がそろっている。

「おもしろい。誰が出て来る」

染谷はつぶやきながら玄八をうながし、物陰に身をかがめた。玄八は提灯の火を消した。酔っぱらいや土地のやくざなどが絡んで来たなら、染谷のふところには十手がある。

陸尺の足元を照らしていた中間が腰を伸ばし、軒提灯と玄関から洩《も》れる灯りのなかに立った。源助に間違いなかった。相手が権門駕籠であるせいか、中から番頭が腰を折り、揉《も》み手をしながら出て来た。仲居を二人、引き連れている。源助とひと言ふた言交わし、源助ともども玄関に入った。もう一人の中間は陸尺とともにその場へ残った。中から出て来るのを待つようだ。

「菅野直次郎め、てめえはこんなところで酒でも喰らってやがったのか」

染谷が低くつぶやいた。だがそれでは、菅野家の空駕籠が赤坂から三田の水野家中屋敷までつき添ったこととの説明がつかない。

待つほどのこともなかった。玄関から出て来たのは、思ったとおり直次郎だっ

たが、もう一人、

「ううむ」

押し殺した声を洩らしたのは、二人同時だった。

灯りのなかに看《み》て取れたのは、若侍の井出七郎太ではないのか。

「おそらく」

さらに二人、菅野家の用人と若党である。

直次郎のようすから、染谷と玄八は、この見立てに確信を持った。

直次郎と七郎太はなにやら言葉を交わすと、七郎太が腰を折って両手で直次郎の手を握った。

物陰で、二人は息を殺した。

七郎太は恐縮するように、駕籠に乗った。直次郎がそこに腰をかがめ、またひと言ふた言……、外から駕籠の引き戸を閉めた。

声の聞こえないのが焦《じ》れったい。だが予測できる。きのうの裏庭での騒ぎは七郎太も聞いていよう。当然事情は、七郎太には知らされていない。だが七郎太にとっては気になる。そこで直次郎は言った。

『傷も癒《い》えたことだし、奥の部屋に逼塞《ひっそく》しておれば気も滅入《めい》ろう。ひとつ、町場に出て気晴らしでもしませぬかな』

　若い者にとって奥の部屋で隠れるように逼塞しているのは、気が滅入るというよりも苦痛である。七郎太は直次郎の〝親切〟に乗った。

　そこで直次郎は来客や浜松藩留守居役との談合などのあいだを縫《ぬ》って市ケ谷八幡宮への参詣《さんけい》を組んだ。案内したのは直次郎ではなく用人と若党だったかもしれない。おそらく顔を隠すため、七郎太は編笠《あみがさ》をかぶっていたことだろう。江戸に出て来てまだ外をまったく知らぬ者にとっては、八幡宮もさりながら江戸城外濠《そとぼり》に沿った往還がそのまま繁華な門前町になっているなど、珍しい限りであろう。そこで八幡屋に寄ってひと休み。料亭より旅籠のほうが、ゆっくりくつろげるためか……、それとも人目を避けるためか……。

　そのあいだに直次郎は浜松藩留守居役の大垣俊之助と赤坂で談合し、市ケ谷御門外の八幡屋に駈けつけ、三田の水野屋敷にまわった駕籠が、迎えに来るのを待った。

　疑問を残したままの推測だが、成り立たないわけでもない。七郎太が恐縮するように権門駕籠に乗せたのも、親切を押し売りする直次郎の策か……。

　駕籠尻が地を離れた。

（ん？）

（どういうこと？）

物陰で染谷と玄八は首をかしげた。

駕籠には用人と若党が各一人、それに源助がつき添い、直次郎は中間一人をともない八幡屋の玄関前で見送るかたちを取ったのだ。

権門駕籠の一行は染谷と玄八の潜《ひそ》むすぐ前を通り過ぎ、直次郎と供の中間は八幡屋に戻るではなく、そのまま番頭や仲居に見送られるかたちになった。中間に足元を照らされ、直次郎はいま駕籠が進んだのとおなじ方向に向かう。

みょうだ。表通りに出ると井出七郎太を乗せた権門駕籠の一行は、染谷たちがその空駕籠を尾けて来た濠沿いの往還を四ツ谷御門のほうに向かい、中間一人を供にした菅野直次郎は、歩いて市ケ谷御門に向かうではないか。

直次郎主従は明らかに番町の屋敷に戻るようだが、七郎太を乗せた権門駕籠は、ゆっくりといま来た濠端の往還を返すかたちになったのだ。

染谷は暗い往還に出ると玄八に、

「よし。おまえはあの駕籠を追い、行く先が判《わか》った時点で相州屋に戻れ。俺は八幡屋に聞き込みを入れ、その足で相州屋へ急ぎ、おまえの帰りを待つ」

「がってん」

玄八は火を消した提灯をふところに駕籠を追った。夜で人通りはなく、駕籠には灯りがあるので尾けやすかった。

染谷は八幡屋に引き返した。

暖簾を頭で分けるなり十手を出したものだから、番頭は恐縮の態《てい》になった。

番頭によると、明るいうちに武士三人が来て部屋を取ったらしい。さきほどの井出七郎太と菅野家の用人と若党である。もちろん旅籠はそれら三人の素性《すじょう》は知らない。泊まるのではなく、部屋と料理を所望し、休息だけのようだった。

あとから菅野直次郎が一人で来たという。時刻を聞けば、直次郎が赤坂で水野家留守居の大垣俊之助と談合を終えたあとのようだ。そのあとしばらく部屋で四人の談合が持たれ、そこへ中間二人がつき添った迎えの権門駕籠が来たという。あとの展開は、染谷と玄八が見たとおりである。

「部屋でなにを話しておったか、一端なりとも聞いておらんか」

「はい。手前どもでは、部屋に入った仲居でも、お客さまのお話に聞き耳を立てたりはいたしませぬです」

番頭は鄭重《ていちょう》に言う。そのとおりであろう。染谷は井出七郎太と菅野直次郎が八幡屋の暖簾《のれん》を入ったときの時系列だけを確認すると、提灯を借り早々に引き揚げた。八幡屋の屋号が墨書《ぼくしょ》されている。

来た道を返した。いま玄八が菅野家の権門駕籠を尾けている、外濠に沿った往還である。急いだ。相手は権門駕籠である。歩みに余裕がある。

四ツ谷御門前を過ぎたところだった。片側が武家屋敷の白壁であり、もう一方は外濠である。かなり前方に、三張《みはり》、四張《よんはり》ほどの灯りがひとかたまりになって揺らいでいるのが見える。歩を速めた。一群の提灯の手前に黒い人影……、玄八である。さすが提灯の火は消したままで、長途《ちょうと》の尾行に覚《さと》られぬよう気を配っている。八幡屋の提灯を手に、染谷はさらに歩を速めた。

玄八は背後の気配に気がついたか、立ち止まりふり返った。その影の動きに染谷は提灯の灯りを自分の顔に近づけた。黒い影は安堵したようだ。

「旦那、来てくださいやしたかい。やつら、来た道を返していやすぜ」

「そのようだな。駕籠が水野屋敷を出たとき、武士が四人ついていたというのが気になる。ともかく俺は札ノ辻へ先まわりし、忠吾郎旦那と仁左どん、お仙さんにも出張ってもらおう」

「へい。願いやす」

玄八も不吉を予感したか、返事の声が老けづくりでなく、実際に掠《かす》れていた。ところどころ白壁と白壁のあいだに枝道が口を開けている。その一つに染谷は走りこんだ。

## 三

お沙世の茶店はとっくに雨戸を閉めており、相州屋の雨戸も閉じられ、札ノ辻に人の気配もなければ一点の灯りもない。

提灯の灯りを手に、相当走ったか寄子宿《よりこやど》の路地に荒い息のまま駈けこんだ。

この夜、相州屋の裏庭に据《す》えたそば屋の屋台は大繁盛《だいはんじよう》だった。ただ待っているだけでなく、仁左がそば屋になり、お沙世がおさんどんで、一同は腹ごしらえをしていた。かたづけにはお仙と宇平が手伝った。

腹ごしらえは、宇平が言った〝四人の武士〟に備えるためでもあった。気になるのだ。職人姿の仁左は、大刀をかたわらに置いており、お仙は懐剣と手裏剣をすでに用意している。

「——わしも、棒術は心得がありますじゃ」

と、宇平は竹馬の天秤棒《てんびんぼう》をかたわらに置いていた。

お沙世もなにか得物をと言ったが、

「――いや、おめえがなまじっか得物など手にしたんじゃや、けえって危ねえ」

などと仁左に言われ、鼻を膨《ふく》らませていた。

瀬緒は座に溶けこんだものの、終始緊張し、そばにも箸をつけなかった。うつむいているのではない。空《くう》の一点を見つめていた。

そこへ裏庭に人の気配！

染谷が部屋に飛びこむより早く、仁左が大刀を手に障子を引き開け縁側に飛び出した。

「おぉ、染どん。空駕籠と武士四人はいまいずれに!?」

「その四人、見なかったぞっ」

染谷は返しながら縁側に飛び上がり、居間に円陣が組まれた。瀬緒もそのなかの一人となった。

染谷のひと言で、双方の見聞が全体の断片でしかないことがわかった。

「染谷どん、ここを発ってからのこと、話されい」

「おお」

忠吾郎にうながされ、染谷はお沙世の差し出した茶を一気に干し、語った。

染谷たちは宇平の言った〝四人の武士〟を見ていない。

話の途中にお仙が気づいた。

「ああ、その提灯。市ケ谷の八幡屋では⁉」

「そう、八幡屋でやした」

そこからいまこちらに引き返している菅野家の権門駕籠には、井出七郎太が乗っている。

染谷がそれを話すなり、瀬緒がひと膝まえにすり出た。

「きっと菅野直次郎が、井出さまを水野家に売ったのです。それに相違ありませぬ。お乗物の行き先は、水野さまの中屋敷！」

「えっ」

言われた染谷は困惑し、あらためて八幡屋の玄関前で、直次郎が七郎太をことさらにいたわり、七郎太はしきりに感謝しているようすだったことを語り、

「あっ」

みずから声を上げ、絶句した。

すかさず瀬緒が、

「それです、それなんです。菅野ならやりかねません！」

その言葉に一同はようやく得心し、おなじながれを脳裡に浮かべた。

直次郎は七郎太に〝気晴らし〟の外出を勧めたとき、言ったはずである。

「――水野家の中屋敷にきょうあす、ご主君の忠邦公がお泊りと聞いておる。中屋敷には秘かに貴殿らの赤誠を可《よし》とする家士もおり、それらと話を進めておる。貴殿が直接忠邦公に書状を手渡す機会だ。中屋敷だからこそできること。きょうもそれがしはその話で、密かに中屋敷のお人と会うことになっておる。期待して待っておられよ」

「――うううっ」

七郎太は塞《ふさ》がった傷口を手で押さえ、感動の声を洩らしたことであろう。

そのあと直次郎は赤坂で、水野家留守居の大垣俊之助と密談した。

そのとき大垣は驚きとともに言ったであろう。

「――井出七郎太はやはり、生きておりましたか。当方に引き渡していただければ、ご貴殿のご要望、家禄と役職の回復でごさったなあ。殿にも申し上げ、浜松藩六万石を挙げて支援いたし申そうぞ」

這《は》いつくばる直次郎に、大垣はなおも言ったはずである。

「――ここまで漕《こ》ぎつけるために、諸藩を揺るがす巡見使の話までつくりあげるとは、おぬしも隅に置けぬ策士よのぅ」

そのあと直次郎は、七郎太の待つ市ケ谷の八幡屋に顔を出し、

「――吉報でござる。中屋敷にご滞在の忠邦公が、会おうと申された由《よし》。きょうこれからだ。暗くなってからのほうが目立たぬ。もうすぐ当家の駕籠が迎えに来るゆえ、それをお使いなされ」

川崎で救われ、さらにここまで親身になり合力《ごうりき》してくれる。七郎太は感涙にむせび、畳にひたいをすりつけたことであろう。それが八幡屋を発つときの七郎太のようすにもあらわれていた。その駕籠がいま、水野家中屋敷のある三田に向かっている。

いま相州屋の鳩首《きゅうしゅ》する面々にとり大事なのは、消えた浜松藩の〝四人の武士〟である。

お沙世が切羽詰《せっぱつ》まった声で言った。

「井出七郎太さん、殺されるんですか!?　そこの水野さまのお屋敷でっ」

座の緊張が増したなかに忠吾郎が返した。

「わからん。屋敷の中か、それとも外か」

「菅野家の空駕籠が水野屋敷まで行き、ふたたび井出七郎太を乗せ戻って来た。どこでどう料《りよう》るか、事前の打合せと演習をしたのかもしれやせんぜ」

仁左が言ったのへ忠吾郎がふたたび返した。

「それだっ。さすがに屋敷の中ではやるまい。外だ！　わしも行くぞ」

やみくもに走り出たのではない。部屋には三田一円の描かれた切絵図が開かれた。札ノ辻もあれば水野家の中屋敷もある。狭い路地も描かれている。

策は練られた。

「行くぞ」

「おうっ」

起ったのは鉄の長煙管《ながぎせる》の忠吾郎を筆頭に、脇差の染谷、懐剣と手裏剣のお仙、天秤棒の宇平、それに仁左である。

「へへ、屋台のそば屋は初めてですぜ」

と、仁左は玄八の屋台を担いだ。そこには大刀が隠されている。

「んもう」

と、裏庭でお沙世がそれらを見送った。ただの留守居ではない。対手には菅野家の用人と若党、中間の源助、駕籠を担いでいる陸尺たちがいる。そこへ瀬緒が飛び出すわけにはいかない。瀬緒はあくまで〝行《ゆ》く方知《かたし》れず〟なのだ。相州屋にかくまわれていることが明らかになれば、このあと確実に相州屋の裏庭が戦いの場となる。

「出てはならん、ここにいよ」

忠吾郎は瀬緒に厳命した。その瀬緒が、忠吾郎たちのあとを追って飛び出さないか……。それを見張るのがお沙世の役務だった。

## 四

時刻にすれば宵の五ツ（およそ午後八時）ごろであろうか。

寄子宿の路地から札ノ辻に出た面々はわらわらと、仁左の担ぐ屋台を先頭に街道から分岐している往還に歩を進めた。屋台には火が灯っており、夜には恰好の目印になる。もちろん一行も、お仙と宇平が提灯を手にしている。この時分に灯りを持たず外を歩いていると、それだけで怪しい者となる。

相州屋の居間で切絵図を広げたとき、此処《ここ》……と、場所を特定したわけではない。だが、およその見当はつけた。赤羽橋《あかばねばし》である。

札ノ辻で街道から分岐した往還は、北へまっすぐに延び、古川《ふるかわ》に架かる赤羽橋に至る。ちなみにその下流が、浜久のある金杉橋である。

上流の赤羽橋を渡り、さらに進むと増上寺の裏手に出る。赤羽橋から古川に沿った川端道《かわばたみち》を上流へ進んだところに、江戸城外濠の溜池がある。外濠に沿った往還の先が赤坂御門であり、さらに四ツ谷御門、市ケ谷御門とつづく。市ケ谷から水野家の中屋敷がある三田方面に向かうには、

「――かならず赤羽橋を渡る」

と、忠吾郎が見立てて仁左もうなずき、およその場所は特定した。あとはそこから三田の中屋敷までの、どこで決行するかである。四人の武士はどこに潜んでいる……。そこが現場となる。権門駕籠には源助がついている。双方は綿密に話し合ったはずである。そば屋の屋台が、その場所を炙《あぶ》り出すかもしれない。

昼間なら前方に赤羽橋が見える距離まで来たときだった。

(ん?)

仁左は前面になにやら激しく動く黒い人影を認め、屋台を地に着け、

――止まれ

背後に手を上げ合図を送った。

「よし」

忠吾郎の低い声と同時に、お仙と宇平は提灯を袖《そで》で覆《おお》って隠し、忠吾郎、染谷ともども物陰に身をかがめた。

仁左は屋台の灯りのなかでかすかに身構え、前面に神経を集中した。

（人が走り近寄って来る）

気づいてすぐだった。

「おぉぉ、来てくれやしたかい」

声は玄八だった。闇から滲《にじ》み出て来た影が、屋台の灯りのなかに立った。

「おう、玄八どん。商売道具、借りてるぜ。みんなも来てらあ」

声はむろん、そのようすは忠吾郎たちからも見える。見えるところに身を置いたのだ。一同はひと安堵して物陰から身を起こし、染谷が、

「首尾は！」

「おぉう、これは。手間がはぶけやした」

玄八は息をととのえ、

「へえ、駕籠は確実にこちらへ向かっておりやす」

溜池を過ぎたころだった、理由はわからないものの、駕籠は三田の水野屋敷に

向かっていると確信し、染谷に倣《なら》い脇道に入って一行を追い越し、あとは足元に気をつけながら札ノ辻を目指したのだった。

「道のりからして、やつらはいまごろ古川の川端道を赤羽橋に向かっているころで。あっしはこっち側の岸の細道を駈けて来やした」

「ふむ、向こう側は通らなんだのだな」

と、染谷。水野家の武士たちに、玄八の存在が勘づかれていないことの確認である。同時にそれは、水野家の武士たちが出張っているとすれば、そのおよその居場所を特定する意味もあった。ここに至るまで、それらしい気配は感じられなかったのだ。

「へえ」

「赤羽橋か、そこに近い川端道だな」

「おそらく」

忠吾郎が太い声で言ったのへ、仁左がなかば確信を持って応えた。

駕籠の陣容はわかっている。加えて〝四人の武士〟が潜んでいるのは赤羽橋の向こう岸のたもとか、川端道であろう。まともにぶつかりあったのでは勝ち目はない。相州屋側の幾人かが斬られるかもしれない。目的は井出七郎太を救い出す

ことである。ともかく駕籠から連れ出し、あとは闇にまぎれ、

――ひたすら逃げる
これが切絵図を囲み、話し合った策である。ずさんだが、他に方途はない。だから一層〝四人の武士〟の所在を知らねばならない。

「よし、そば屋。行け！」

「へい」

忠吾郎の号令に、仁左がふたたび屋台の担ぎ棒に肩を入れようとすると、

「へへ、あっしのほうが慣れておりやすぜ。仁左どんは客になってくんねえ」

と、玄八が素早く担ぎ棒に入り、

「おっ、ちゃんと用意ができておりやすね」

屋台に大刀が隠されているのに気づいた。

「すまねえ。おめえの分、忘れた」

「へん、この屋台が俺の得物さ」

言いながら玄八は屋台を担いだ。屋台は担ぎ棒の取り外しが簡単にできる。宇平も天秤棒を武器に持って来ている。この顔触れのなかで、玄八は老け役を演じる必要はすでにない。

「早くしねえかい、二人とも」

忠吾郎が急《せ》かした。二人で行けという指示でもある。

「へい」

「がってん」

二人は同時に返し、赤羽橋を渡り、そのたもとに屋台を据え、仁左が客になり玄八がそばを湯がきはじめた。なんらかの反応を見せるはずである。近くに潜んでいるなら、これほど目障《めざわ》りで邪魔な存在はない。

忠吾郎たちも闇にそっと歩を踏み、橋の手前のたもとに身をうずめた。そこから屋台の灯りが見える。お仙と宇平は袖で灯りを隠している。

仁左が客になったのは正解だった。そばを湯がいている玄八に、染谷が相州屋に走り戻って来てからの居間での話を、

「どうやら直次郎は七郎太を水野に売るようだ。てめえの利のためによ」

と、詳しく語ることができた。

聞き終わり、玄八は言ったものである。

「そういうところかと思ってたぜ。浜松の七郎太さんかい、なんとも憐《あわ》れな。このあとどうなるかも知らねえで、いまごろ忠邦公に直訴《じきそ》できるってんで、わくわ

くしながら駕籠に揺られていなさるぜ」

「だからよう、ますます菅野直次郎が許せねえのさ」

「まったくだぜ。いまごろ直次郎の野郎め、番町の屋敷でほくそえみながら、源助が帰《けえ》って来るのを待っていやがるんだろうなあ」

憤慨《ふんがい》を込めて玄八が言ったときだった。

「しっ」

仁左が叱声《しっせい》を吐《は》いた。

玄八は即座に解し、

「お客さん。すぐできまさあ。いましばらくお待ちを」

声は聞こえたようだ。

「そこなるそば屋、いつからそこにおる！」

川端道を、急ぎ足で強い灯りが近づいて来る。

明るさは提灯の比ではない。武家の持つ龕燈《がんどう》である。薄い鉄板ででき、蠟燭《ろうそく》立ては自在に動く輪を二つ組み合わせた中に固定され、本体をどのように動かしても蠟燭は常に垂直に立つ仕掛けになっている。うつ伏せにすれば、中で蠟燭は消えず灯りは外に洩れない。上げれば紙張りの提灯と違って前方のみを照らし、向けられた者からはまぶしくて、龕燈を持っている者の姿が見えなくなるほどである。

口調からも龕燈からも武士に違いない。灯りは一つ、だが幾人か判らない。

仁左と玄八のあいだにも染谷と同様、阿吽《あうん》の呼吸がある。そろって怯《おび》える態《てい》を扮《こしら》えた。

灯りは近づき、まともに照らされた。仁左は実際に怯えた。屋台の桟《さん》に立てかけた大刀に気づかれないか……。

武士は二人だった。慌てているようすが窺《うかが》える。

仁左と玄八はとっさに解した。

(駕籠はそこまで来ている)

龕燈を持っていないほうの武士が言った。

「ふむ、そば屋に相違ないな。いつからここにおる」

「へえ、さっきから」

「さっきからじゃわからん。ともかく早々に立ち去れいっ」

仁左は返した。武士たちの目を屋台に向けさせてはならない。

「そりゃ非道《ひで》え。あっしはそばをいま頼んだばかりで、もうすぐ出来上がるとこなんでさあ。もう腹と背の皮がくっつきそうなんで」

龕燈の武士が、

「だったら向こうで喰え。向こうだぞ」

いやに〝向こう〟を強調し、増上寺のほうを照らした。間違いない。駕籠はすぐ近くまで来ている。武士たちにとっても、橋を渡った三田方面は、襲撃のあとの逃げ道である。見られてはならない。

玄八も逆らった。

「もうできてるんでさあ。一杯だけでやす。そのお客さんに喰ってもらったら、すぐ向こうでもどこでも行きまさあ」

「ならぬ。いますぐ立ち去れいっ。さもなくば！」

龕燈でないほうの武士が刀に手をかけた。

「いかん。染どん、行くぞ！」

「承知！」

見ていた忠吾郎と染谷が物陰から飛び出した。

思わぬかたちで始まってしまった。進む以外にない。

お仙と宇平も提灯を隠すより前面に突き出し、あとにつづいた。

この効果は大きかった。

「あっ、あれは？」

「なんなんだ！」

武士二人は橋のほうに目をやり、龕燈も向けた。灯りが二つ激しく揺れ、その数より多い人影が橋板に音を立て突進してくる。武器まで振りかざしているようだ。中屋敷からの助勢ではあり得ない。二人は瞬時、狼狽《ろうばい》のなかに陥《おちい》った。仁左と玄八は瞬時に忠吾郎の策を解した。破れかぶれの攪乱《かくらん》戦法である。仁左は素早く栈に立てかけていた大刀を取り、玄八は、

「野郎！」

龕燈を持った武士に体当たりし、さらに押込んだ。

「わわわわっ」

武士は均衡《きんこう》を崩してよろめき、龕燈を地面に放りだした音に、

――バシャン

水音が重なった。玄八が一人を川面《かわも》に突き落としたのだ。

さらに、

――カシャ

刀が地に落ちた音がつづいた。刀を抜いた武士の手首に、仁左が大刀を鞘《さや》のまま叩きつけたのだ。武士二人にすれば攪乱されたうえに、不意打ちを喰らったも同然である。

走り込んで来た染谷がそのままの勢いで、刀を落とした武士に体当たりした。

ふたたび水音が立った。

忠吾郎も走り来たった。鉄の長煙管を腰から抜き放っている。

「仁、玄、無事か！」

「おう、旦那っ。すぐ近くにいやすぜ」

忠吾郎の問いに仁左が返し、

「行くぞっ」

忠吾郎はそのまま立ち止まることなく川端道に走り込んだ。染谷がつづく。

提灯二張も走って来た。

「おぉう、父《とっ》つぁん。その天秤棒、貸しねえ。提灯だけ照らしててくんねえっ」

「あぁぁ」

玄八に天秤棒をもぎ取られ、宇平は提灯だけかざし、川端道に入った。

水野家の武士たちは橋のたもとから五間《けん》（およそ九米《メートル》）ばかりのところに潜んでいた。四人で分担も決めていた。龕燈で対手を照らす者が二人、斬り込みが二人だった。これが、宇平が目撃した〃四人の武士〃だった。はたして菅野家の空駕籠について四人が中屋敷を出たのは、実物の駕籠と源助をともなって実際の道順を決め、襲撃の場所を定めるためだった。四人は実地に源助と細かく打合せたことだろう。

そのあとで源助は空駕籠とともに、市ケ谷の八幡屋へ井出七郎太を迎えに行った。菅野直次郎と用人にそっと向後の手筈《てはず》を告げ、直次郎は八幡屋の前でほくそえみながら、七郎太を乗せた自家の権門駕籠を見送ったのだった。

その権門駕籠の灯りが、龕燈をうつ伏せ物陰に潜む四人の視界に入った。もし七郎太が気づき逃げ出そうとしても、駕籠を護衛している菅野家の用人と若党が立ちはだかり、源助がそこに提灯をかざす。そこへ四人の武士が駈けつける。討ち損じるはずはない。

水野家の四人が、後方の橋のたもとにそば屋の屋台が出ているのに気づいたのは、駕籠の一行があと十数歩近づけば龕燈を上げ、抜刀し討込もうかといったときだった。

そこに展開されたのが武士二人と仁左、玄八との応酬《やりとり》であり、忠吾郎の決断だった。この騒ぎが、川のせせらぎしかない川端道に聞こえぬはずはない。大きな水音まで立ったのだ。待機していた二人は、

「何事！」

腰も龕燈も上げ、後方に向きを変えた。

「おおぉぉっ」

驚愕した。灯りが二つ激しく揺れ、それに倍する人影が突進して来るではないか。影たちは龕燈の灯りのなかに入った。

「おぉっ」

抜刀している。

迎えるほうもさすがに武士である。一人が龕燈を対手に向け、もう一人が前面へ踏込みざまに大刀をすっぱ抜き、走り込んで来た影に挑みかかった。ちなみにこの龕燈と抜刀した武士は、箱根山中で井出七郎太の仲間二人を殺害した五人のうち、いまなお江戸に残って七郎太を探索している二人であった。

迎えながらも踏込みすっぱ抜きをかけた相手は、忠吾郎だった。忠吾郎には突進した勢いがある。鉄の長煙管がうなった。つぎの瞬間、

——カキン

金属音が聞こえた。長煙管が刀を打ち折ったのだ。そこへ染谷が走り込んだ。

「だあーっ」

すれ違いざまに、折れた刀を持った肩に脇差を振り下ろした。

「うぐっ」

染谷は対手のうめき声を聞いた。深く骨まで斬った感触があった。昼間なら、その武士が肩から血しぶきを吹き上げ、身は均衡を失いふらついているのが見えたはずである。

——ザブッ

また、せせらぎの音に大きな水音が重なった。さきほどの二人は無傷のまま川面《かわも》に突き落とされ、あるいは叩き落とされた。気を失っていなければ、おそらく自力で岸辺につかまり、助かる可能性はある。だが、いまのは肩を骨までざくりと斬られた。七郎太が箱根山中で負った刀傷の比ではない。下流の金杉橋まで流されれば、あとは海である。助かるまい。

仁左と玄八も同時に走り込んでいた。

仁左は龕燈に向かって大刀を振り下ろし、その感触に、

（しまった！）

龕燈を持った腕が宙に飛んだのだ。峰打ちにするつもりだった。だが、気ばかりでその余裕はなかった。血しぶきが仁左の顔に降りかかった。そればかりではなかった。仁左の大刀と競うように打込んだ玄八の天秤棒が、一瞬遅れて龕燈を腕ごと失った胴をしたたかに打った。その身は吹き飛ぶよりも崩れ落ち、動かなかった。玄八も天秤棒に肋骨《ろっこつ》を砕いた感触を受けていた。瞬時における二度の衝撃に、おそらく即死に近かったのではないか。

攪乱と不意打ちによる戦いは、ほんの一瞬のことだった。

目的は井出七郎太を救出し、源助を生け捕ることである。この二人に瀬緒を加えれば、初大師に始まったこたびの騒動の、裏も表も明らかにする生き証人となるだろう。

## 五

駕籠は、提灯の灯りに人の動きが確認できる至近距離である。

先頭の用人が、

感じたのは、橋のたもとの灯りが、なにやら大きく揺らいでいるのが視界に認められたときだった。

（……ん？）

だがこのときはまだ、異変とは思わなかった。

駕籠の中の井出七郎太は、江戸の町は不案内でしかも夜であれば、いまどこをどう進んでいるのかわからない。ただ、行き先を思っては、

（もうすぐ殿に目通りがかない、直訴できる）

心ノ臓を高鳴らせていた。

陸尺たちは、今宵《こよい》の奉公が菅野家にとっていかに重大な意義を持つかなどは知らされておらず、ただ日常の奉公が夜に及んだだけのことである。

先頭の用人とその足元を提灯で照らしている源助、駕籠の横に提灯を手に随行している若党は、お家のためと心得ている。だから、古川の川端道に入ってから、その一歩一歩に緊張を増していた。用人などは先頭に歩を踏みながら、足の震えを中間風情の源助に覚《さと》られまいと懸命になっている。

だから、橋のたもとの灯りに異常を認めなかったのは、

（ただの往来人であってくれ）

との願望でもあった。

だが、叶わなかった。

灯りは激しい動きを見せたまま近づいて来る。

すぐに人の動きも確認できた。

「なんだ、あれは！」

源助は用人の足元を照らしていた提灯を、前面に突きつけるようにかざした。

「おおぉぉぉ」

たじろいだ。突進して来る風体《ふうてい》の者たちは、まだ見分けはつかないものの、打合せた水野家の家士でないことだけは確かである。

やはり源助は直次郎が見込んだだけのことはある。中間にはもったいない。困惑しながらも、

「ご用人さま！　ともかく殺《や》ってくだせえ、駕籠の中をっ」

叫んだ。

陸尺たちは駕籠尻を地面に激しく打ち落とし、

「うえーっ」

逃げ出した。

「いかがしましたかっ」

七郎太が慌てたように引き戸を開け、身を外に乗り出した。

前面の影は殺気を帯び迫って来る。

源助はさらに、

「ご用人！　早《はよ》うっ」

「で、できん。わしには！」

用人は極度に狼狽し、

「ご用人さまっ、早くっ」

つぎに用人の腕をつかまえ、後方へ力任せに引いたのは若党だった。

「お、おう」

用人と若党は刀を抜かないままからみ合うように、三十六計逃げるに如《し》かずを決めこもうとしている。陸尺たちはすでに闇の中に遁走《とんそう》している。

迫って来る者たちの足音が聞こえる。

「えぇい、かくなるうえは！」

中間姿の源助は逃げ腰の若党に飛びかかるなりその脇差を引き抜き、駕籠のほうへきびすを返した。

「わあっ」

若党は声を上げ、刀を抜き身で奪われたまま、こんどは用人に、

「さあ、早う！」

支えられ、三十六計を実践した。逃げ場には事欠かない。周囲の闇すべてが味方である。

七郎太は駕籠から上体を乗り出したまま、

「どう、どうされた⁉」

異常を感じながらも事態が呑みこめない。

そこへ脇差を振りかざした源助が、

「これしかっ！」

「ええぇ⁉」

斬りかかり、七郎太は驚愕《きようがく》の態《てい》となった。仁左と染谷が走りこんでひと太刀浴びせるには距離がありすぎる。

「井出どのっ、逃げろ！」

突進しながら仁左は叫んだ。

が、間に合わない。しかも仁左は叫ぶと同時に、

「うおっ」

石につまずき均衡を崩した。

「わーっ、なにをする!?」

七郎太は左手を地につき右手で防ごうとするが、腰が駕籠の中ではただもがくばかりである。

源助は飛びこみざま振り上げた脇差を打ち下ろそうとした。

七郎太は目をつぶった。

瞬時、源助の足がもつれ動きが鈍《にぶ》った。だが弾《はず》みがついている。前のめりになり、若党から奪った脇差を打ち下ろした。

――ガツッ
刃《やいば》が駕籠の屋根に喰いこんだ。同時に、

――バシッ
鈍い音とともに源助の身が七郎太の頭の上に崩れ落ちた。走りこんだ玄八の天秤棒が源助の背をしたたかに打ったのだ。

振り下ろされたのが天秤棒でよかった。仁左は叫んだときに足をもつらせて一歩遅れ、染谷の脇差は天秤棒より短い。最初に打ち下ろされたのが刀であったなら、七郎太の頭の上に源助の血が降りそそいだことだろう。

提灯の灯りが追いついた。

「お仙どの、お見事！」

「はい」

武士言葉で仁左がお仙に叫んだ。走りながら間に合わぬとみたお仙は、左手に提灯の柄《え》を持ち右手で手裏剣を打ったのだった。背に命中した。手裏剣は毒でも塗っていない限り、対手の動きを封じても致命傷にはならない。しかも走りながらであったため威力はなく、瞬間の衝撃を与えても深手にはならなかった。

「ううう」

もがいている源助の下から、七郎太は這い出し、まだ解《げ》せぬ表情のまま自分を取り巻いている面々を見上げ、

「い、い、いったい!?」

「こ、これは。なにゆえ！」

忠吾郎や仁左、お仙に気づき、声を上げた。事態の一端は解したものの、まだ全体像が理解できない顔つきだった。それだけ主君の忠邦に直訴できることへの期待が大きかったのだ。無理もない。いま襲いかかって来たのは、最も感謝すべ

き菅野直次郎の家来であり、そこを救ってくれたのが、直次郎のつぎに世話になった相州屋の面々なのだ。

忠吾郎が場を仕切った。

「染谷どん。こやつ、どこでもいいから引き挙げてくれ」

「へい。見張りのつけられるところなら、どこでもよござんすね」

「よい」

忠吾郎は返した。仁左もお仙も忠吾郎の意図を解した。井出七郎太を暫時《ざんじ》引き取るとしても、源助まで相州屋の寄子宿に拘束すれば、逃走に備えなければならない。人手が足りないばかりか、札ノ辻が異様な雰囲気に包まれることになる。

「ううう」

源助はまだ、玄八の天秤棒で地面に押さえつけられたままである。

話が決まれば長居は無用である。用人と若党は水野家中屋敷に逃げこんでいるかもしれない。番町の菅野屋敷より断然近い。菅野家の用人から知らせを受けた水野屋敷は、加勢をくり出すかもしれない。

染谷と玄八がとりあえず源助の背の血止めをしてから両手をうしろ手に縛《しば》り、

引き挙げたのは、赤羽橋よりさらに北へ進み、増上寺の裏手も過ぎた神谷町《かみやちょう》の自身番だった。水野屋敷から離れ、かつ呉服橋に近づいておくためだった。

自身番には不審者や狼藉者《ろうぜきもの》に縄《なわ》をかけたまま留め置き、初期の尋問もできる設備があり、監視もその町の町役《ちょうやく》が責任を持つ。染谷には十手があり、江戸中の自身番の合力《ごうりき》を得ることができる。引いている途中、源助はうしろ手に縛られ、手裏剣を打たれた背中の痛さを堪《こら》え、

「やい、おめえら。俺にこんなことをして、無事にすむと思ってるのかっ」

悪態をつき、

「うるせえっ」

染谷になにやら鉄の棒のようなもので首筋を叩かれ、それが十手だったことに驚愕し、

「おお、おめえさんら、な、何者なんでえ!? 相州屋たあ、いってえなにやってやがるとこなんでえ!?」

と、不気味なものにでも遭遇したような口調になった。このあと源助は悪態どころか、自身番で傷の手当てを受けているときも、あらためて十手を突きつけられたときも、一切口をつぐんでしまった。

「傷口はいかがですか。ご自分で歩けますか」

お仙に声をかけられ、

「歩けます。むろん、歩けます」

七郎太は恐縮の態になった。肩の傷口も、激しい動きをしたり直接ものを当てたりしない限り、痛みもほぼ消えている。だからきょう、直次郎の勧めに従って市ケ谷八幡宮の参詣に出かけたのだ。

現場を離れるとき、大小を駕籠の中に忘れなかったのはやはり武士である。

川端道を赤羽橋のたもとに進むとき、放置していた武士の死体の顔を提灯で照らした。七郎太は腰をかがめてのぞきこみ、

「こ、これは!」

声を上げ、思わず飛び下がろうとしてその場に尻もちをついた。その者は、浜松から七郎太ら三人を追い、箱根山中で二人を斬殺した五人の手練《てだ》れの一人だったのだ。奇《く》しくも仁左たちがその仇《かたき》を討ったことになる。

七郎太はその死体を見て、まだ信じがたいことだが、自分が菅野直次郎に騙《だま》され〝敵〟の手に落ちようとしていたことを覚《さと》った。

「早《はよ》う立ちなせえ」

忠吾郎に言われるまで、七郎太は足が震え立てなかった。

一行は〝敵方〟とはいえ、死者に合掌《がっしょう》し現場はそのままにした。残された龕燈から、水野家が割り出されることを期待しての措置《そち》である。

橋のたもとから、そばの屋台は仁左が担いだ。玄八は染谷と二人で遁走の恐れがある〝罪人〟を神谷町へ護送しているのだ。屋台を担いでいてはイザというとき、迅速な動きが取れない。

来た道を札ノ辻まで返すあいだ、浜松藩水野家の家士らしい一群と遭遇することはなかった。


相州屋の居間では、お沙世と瀬緒がいまかいまかと一行の帰りを待っていた。

忠吾郎の顔を見るなりお沙世は、

「飛び出そうとする瀬緒さんを引きとめるやらなだめるやら、もう大変でございました」

待っている者の辛さを語ると瀬緒も、

「なに言っているんですか。途中までようすを見に行くというお沙世さんを引きとめたのは、わたくしのほうなんですから」

と、語気を強めたが、井出七郎太が無事なのを見ると、

「あぁぁぁぁ、よくぞご無事で」

安堵したせいか、その場に座りこんでしまった。もし救出に失敗し井出七郎太が大垣俊之助一派の手に落ち、殺害されていたなら、その責任の一端は瀬緒にもあるのだ。だが、瀬緒の語った内容は、七郎太がこたびの騒動の全容を知るのに大いに役立ったことは言うまでもない。

相州屋の居間で落ち着き、井出七郎太は言ったものだった。

「旗本の菅野どのは、浜松藩の藩政の不始末を利用しようとしただけでございましょう。国おもての黒岩藤右衛門さま、江戸おもての大垣俊之助さまたちによる不正な年貢の取立てに苦しみ、直訴をこころみ殺された百姓衆は大勢いるのです。だから藩士であるわれわれ三人が起《た》ち……」

あとは言葉を詰まらせた。


闇に三十六計を決めこんだ用人と若党は、やはり赤羽橋を渡ってすぐの浜松藩水野家の中屋敷に逃げこんでいた。陸尺たちはそのまま行く方知れずとなった。

中屋敷で江戸留守居の大垣俊之助も、刺客《しかく》として送り出した家士の報告を、相州屋でのお沙世や瀬緒とおなじように、いまや遅しと待っていた。そこへ息せき切って戻るというより逃げこんで来たのが、藩士ではなく菅野家の用人と若党だった。

「して、首尾というより結末を聞き、愕然《がくぜん》とした。

「して、源助なる中間はいかがしたか」

「それは……」

用人も若党も応えられない。そこまで見ていないのだ。

「うーむむっ」

大垣俊之助はうなり、ひとまず人数を赤羽橋にくり出した。いまはそれしか取り得る策はない。その一群が、往還に飛び出したのは、そば屋の屋台を擁《よう》した一行が通り過ぎた直後だった。

六

一夜が明けた。

おクマとおトラが、

「どうしたんだろうねえ、みんな」

「夜中になにやらおもて騒々《そうぞう》しかったけど、どこか行ってたんかねえ」

などと話しながら釣瓶《つるべ》を井戸に落とし、重そうに引き上げていた。

水音にまた、

「ひーっ、冷たい」

「そりゃあ如月《きさらぎ》（二月）でも、朝晩はまだ冬さね」

話しているところへ仁左が、肩に手拭をかけ手に桶を持って出て来た。

「どうしたんだね。きのうどこかへ行ってたかね」

おクマが訊いたのへ仁左は、

「ああ、ちょいとな。ほれ、あのときの若侍がまた戻って来てな。いまごろ母屋の居間だが、今夜からまたこっちの長屋だ」

「えっ、また。そういやあ手負いみたいだったから、奉公先でうまくいかなかったのかねえ」

「お武家の奉公って、難しいんだねえ」

おクマとおトラは返し、あとは細かく理由《わけ》など訊かなかった。それが相州屋であり、おクマとおトラもどうして寄子暮らしをしているのか、周囲に語ったことはない。

お沙世が街道に縁台を出したころ、お仙と瀬緒、宇平も井戸端に顔をそろえた。さすがに昨夜はひと安堵したか、いずれも朝寝坊をしたようだ。

朝の一段落を終え、おクマとおトラが商いに出かけるとき、仁左も一緒に路地を出た。おクマとおトラはまだ井出七郎太と顔を会わせたわけではないから、外でわざわざ話の種《たね》にすることはないだろう。お沙世に声をかけられたときも、それを話題にするようすはなかった。二人は街道を金杉橋のほうへ向かい、

「俺はきょう、三田のほうをまわらあ」

と、仁左は札ノ辻で分岐している往還へ足を向けた。

おクマとおトラにそれを気にするようすはなかったが、お沙世とはかすかにうなずきを交わした。お仙と瀬緒は裏庭で、出かける仁左を見送っていた。

物見《ものみ》である。背に羅宇竹《らうだけ》の音を立てながら、昨夜の現場を見に行くのだ。股引《ももひき》に着物の裾《すそ》を尻端折《しりはしより》にし、頭には手拭を吉原かぶりに載せ、きのうとは異なるいで立ちだった。

赤羽橋を踏んだ。

（なるほど）

仁左は得心した。本街道でないから人の往来は少ないが、別段変わったところはない。武士が出張り、あたりを探索しているようすもない。

橋を渡り、川端道に入った。

(さすがは)

感心した。残していた死体がないばかりか、地面にも草むらにも血の跡はなかった。昨夜ここで惨劇のあったことを示すものが、なにもないのだ。もちろん権門駕籠もない。あれば屋根に刀で斬り込んだ跡があり、〝事件〟があったこともいずれの屋敷がからんでいたかもわかるのだが、それらを示すものがなにもないのだ。川端道を行く人も、もちろん水の流れも、きのうとなんら変わるところはなかった。

留守居の大垣俊之助は、中屋敷からかなりの人数をくり出したようだ。藩士の死体も駕籠も持ち去り、飛び散った血痕もすべて洗い流し、旗本菅野家との係《かか》り合《あ》いの手証《てしょう》となるものを、すべて抹消した……。残るのは、

(こいつぁ、七郎太だけだぜ)

ふたたび仁左は赤羽橋に足音と羅宇竹の音を立てた。来たときに倍する響きであった。

札ノ辻に入ると、

「仁左さん。どうでした、朝の商いは」

お沙世がようすを訊いた。往来の者からは、羅宇屋の商いのようすを訊いたと思うだろう。仁左はお沙世に向かい、路地のほうをあごでしゃくった。

「お爺ちゃん、お婆ちゃん、ご免なさい。また縁台のほう、お願い」

お沙世は言うと前掛をはずし、路地に羅宇竹の音を追った。

「もう、しょうがないねえ」

おウメ婆さんが言いながら奥から出て来て、お沙世の背を見送った。


相州屋の居間に忠吾郎、お仙、宇平、それに井出七郎太の顔がそろっている。物見に出た仁左の帰りを待ちながら、七郎太の願いをどう叶《かな》えるかを話し合っていた。七郎太はまだ忠邦への直訴をあきらめていない。もちろん七郎太も、

（いったい、この人宿《ひとやど》は……？）

源助が自身番に引き立てられながら、思わずつぶやいたのと同種の疑念を感じている。だが現実の成り行きから、いまは相州屋を頼り切っている。

「へい、お待たせ」

と、裏庭に面した縁側の障子が開いた。

仁左である。そこにお沙世の顔も重なった。

「どうだった、赤羽橋は」

忠吾郎の問いに仁左は、

「さすがでさあ」

言いながら座に加わり、その横にお沙世も端座に腰を据えた。仁左は語った。

「水野屋敷め、やりやがったようで。赤羽橋にゃ、なんの痕跡も残っちゃおりやせん。すべて消しやがった」

座には暗澹《あんたん》とした空気がながれた。打つ手なしなのだ。

それればかりか、

「残る手証は、井出七郎太さまと源助だけじゃありませんか」

お仙が言ったのへ、座は緊張した。いま水野屋敷が、井出七郎太と源助の所在の探索に、血眼《ちまなこ》になっていることが推察されるのだ。

（ここを嗅《か》ぎつけられたなら……）

一同の脳裡に走った。

そこへ、

「へへん、屋台を返《けえ》してもらいに来やしたぜ」

と、縁側から玄八の顔もそろった。冗談めかした言葉だが、喋《しゃべ》り方が上《うわ》ずっていた。急ぎの大股で来たか、息も荒い。

「そちらさんになにかあったかい！　首尾は!?」

「こっちの首尾、すぐ話しまさあ。それよりも……」

仁左にうながされ、玄八は語りはじめた。

「金杉橋さあ、えれえ騒ぎになっておりやすぜ」

広尾《ひろお》から来るのに昨夜の赤羽橋は避け、増上寺門前あたりから街道に出て金杉橋を経て来たようだ。

「そこで遭遇したんでさあ。えれえ人だかりで、川面の橋脚《きょうきゃく》に壊れた権門駕籠が引っかかっておりやして、その駕籠に死体がふたつ、からまっていて。それがなんと萱野家の用人と若党じゃござんせんかい。それも胸や背中をざっくりと斬られて……」

「なんだと!?」

「うーむ」

思わず仁左は声を上げ、忠吾郎はうなった。お仙もお沙世も宇平も驚愕の態に

なり、七郎太は、

「な、なんと！」

言うなり絶句し、蒼《あお》ざめた。事態を覚ったのだ。

水野屋敷は手証隠滅に駕籠を持ち去ったのではない。逆に、何者かに襲われたように壊して古川に流した。乗っていたのは菅野家の用人で、護ろうとした若党も殺された。他所に水野家ゆかりの土左衛門《どざえもん》が上がっても、

『さような者、わが藩にはおらず』

と、引取りを拒否すれば、襲ったのは不明のまま、水野家の係り合いは消えることになる。

忠吾郎が一同の胸中を代弁するように言った。

「そこまでやるとは、留守居一人の裁量ではできまいよ。あるじの水野忠邦も、承知のうえでなけりゃなあ……」

一同の顔は引きつり、語った忠吾郎の達磨顔を凝視した。

忠吾郎はつづけた。悲痛を帯びた、嗄《か》れた声になっていた。

「ということはだ、七郎太どのがどんなに気張っても、忠邦公への直訴は成り立たねえということだ。かくなるうえは、方途は一つ、柳営《りゅうえい》（幕府）の評定所へ

駈けこみ、藩の不正を訴え出ることだ。したが、それをやれば、おまえさんの藩での居場所はなくなりますぞ。そればかりか、生きている限り、命を狙われつづけるやもしれねえ」

「もとより、浜松を出たときからその覚悟です。すでに同志が二人、殺されております。あとにつづくまでです。殺されても本望です」

井出七郎太の口調には、切羽詰まったというより、悲壮感がただよっていた。

仁左が言った。

「おっと、それには及びやせんぜ、井出さん。あんた、直訴状をお持ちでやしょう。水野屋敷はいい手証を金杉橋に残してくれやしたもので。ありゃあ町方よりも、目付に仕事をこしらえてくれたようなもんで。それの探索から直訴状が出て来りゃあ、話は目付から大目付にも及びまさあ。なあに、直訴状の届け方はいくらでもありまさあ。井出さん、あんたまで死ぬことありやせんぜ」

決して仁左は、これだけのことを雰囲気に乗ってついロをすべらしたのではない。

「できますのか、さようなことが。旗本ならお目付、お大名家なら大目付さまということになりますが」

お仙が問い返したのへ、仁左は言った。

「へえ、あっしはご覧のとおり羅宇屋でござんして。お武家にもお得意さんがけっこうありやしてね。なかにお目付さまとご昵懇《じっこん》の屋敷もありやして、そこの旦那からご贔屓《ひいき》をいただいておりやして……」

忠吾郎が応じた。

「おう、それはいい。さすがは家々の裏庭まで入りこむ羅宇屋だ。いますぐできるか」

「へえ」

「よし。七郎太どのは、なおしばらくここに留《とど》まればよい。さあ、七郎太どの、仁左どん」

「がってん」

仁左は腰を上げた。この羅宇屋は昨夜、同志の仇を討ってくれたのだ。井出七郎太は忠吾郎にうながされ、直訴状を仁左に手渡した。いくらか不安そうな表情は拭《ぬぐ》えない。

お仙が言った。七郎太は昨夜、このお仙の手裏剣に救われたのだ。

「七郎太どの、心配は無用です」

明瞭《めいりょう》な口調だった。

仁左はそれを宝物のように押しいただき、

「そうそう、玄八どん。そっちの首尾を話しに来たんじゃねえのかい。屋台は俺の部屋に置いてあらあ、勝手に持って行ってくんねえ」

「あ、そのことでやした」

と、玄八は仁左から忠吾郎に視線を移し、

「広尾のお人らに迷惑がかかっちゃいけねえというので、きのうのうちに染谷の旦那が呉服橋の大旦那につなぎを取り、源助を茅場町《かやばちょう》に移しやした。野郎め、てめえが誰だか隠そうとしやがっておりやすが、あまり強情を張るようなら、瀬緒さん。あんたに助っ人に来てもらいてえ、と染の旦那が」

「はっ、はい」

瀬緒はとっさに返したが、七郎太同様、なんのことかわからなかった。

茅場町といえば、怪しい者を小伝馬町《こでんまちょう》の牢送りにするまで拘束しておく、大番屋のある町だ。八丁堀《はっちょうぼり》の近くである。大番屋には、牢問《ろうとい》（拷問）の諸道具や牢の設備もととのっている。染谷は早々に北町奉行の榊原忠之につなぎを取り、源助を町奉行所の手に委《ゆだ》ねた、と玄八は話しているのだ。

源助が大番屋で我《が》を張っても、そこへ瀬緒が出向けば、牢問にかけるまでもなく、すべて白状せざるを得なくなるだろう。

このあとすぐ、羅宇竹の音が路地から街道に出て、玄八も屋台を担いであとにつづいた。

相州屋の部屋は、一応の展望は開けたものの、重苦しい空気に包まれた。事態は札ノ辻からは手の届かない遠いかなたに行ってしまい、いま相州屋のなすべきことは、井出七郎太と瀬緒をあくまで寄子宿にかくまいつづけることのみとなったのだ。

午《ひる》をいくらかまわり、陽が西の空にかたむきかけた時分である。

玄八がまた来た。屋台は担いでいない。一同は瀬緒に助っ人を頼みに来たと思ったが、違っていた。裏庭に面した縁側で玄八は言った。

「へへ、源助め。てめえは助かりてえ一心か、染の旦那が瀬緒さんの名を出しやすと、観念して菅野直次郎の企《たくら》みをすべて吐きやしたぜ。それを染の旦那も呉服橋の大旦那も、早《はよ》う相州屋に知らせてやれ、と。そもそもの発端《ほったん》はやはり、川崎の初大師でございやした」

「ううっ」

七郎太はうなり声を上げた。

「それじゃあっしはこれで。つなぎがあれば、また来まさあ」

と、用件だけで玄八はすぐに引き揚げた。

「染の旦那に大旦那？　いったい……」

その背を見送りながら、瀬緒がつぶやくように言った。忠吾郎は無言だった。問いを入れられる雰囲気ではなかった。忠吾郎は空《くう》を見つめ、想像を働かせていたのだ。仁左のことである。

いまごろ江戸城本丸御殿の目付部屋で、大東仁左衛門に戻って目付の青山欽之庄と対座していることであろう。これまでの経緯をすべて語っているはずである。その姿が、忠吾郎の脳裡には浮かんでいた。あるいはそこに、大目付が深刻な表情で同座しているかもしれない。座には、浜松藩の若侍たちが忠邦に宛てた直訴状が開かれているはずである。

きょう中にも町奉行所と目付から、若年寄《わかどしより》におなじ報告がもたらされ、老中もふくめた幕閣たちは啞然とすることだろう。

それらがどのような裁可を下すか、札ノ辻はただ待つ以外にない。

陽が西の空にかたむきかけた時分である。

おクマとおトラが、慌ただしくなりはじめた街道を急ぎ足で戻って来た。忠吾郎はこのとき、いつものように縁台に腰かけ鉄の煙管をくゆらせていた。

二人は縁台に崩れこむように腰を投げ下ろし、

「まあまあ、なにをそんなに慌てて」

と、お沙世が出したお茶でのどを湿《しめ》らせるなり、

「きょう朝早くに、かな、金杉橋に、武家の駕籠が引っかかっていて、あちこちにお侍の土左衛門が三つも四つも」

「近くの自身番に担ぎこまれたけど、一日経ったいまも、どこからも問い合わせも引き取り手もないって」

水野屋敷は、自家の家士を見捨てた。

寄子宿の部屋でそれを聞いたお仙は、ふと洩らした。

「やはり、そこまで……」

七郎太は無言だった。

# 七

「へへ、行って来やしたぜ。お得意先の旦那、いい話を聞いたと、直訴状を手にさっそく登城の用意にかかられやした」

と、日の入り前に、仁左も羅宇竹の音を背に帰って来て、まだ茶店の縁台にいた忠吾郎に言った。登城したのは、仁左自身なのだ。さっきおクマとおトラが寄子宿の路地へ入って行ったばかりである。

「うむ。それはよかった」

「それよりも仁左さん、金杉橋を渡ってきたのでしょう」

忠吾郎は応えたのへ、お沙世が興奮したように言った。

もとより仁左は承知している。

お沙世はいくらか拍子抜けした。

つぎの日も、忠吾郎は朝から縁台に腰を据えていた。お仙も出ている。

瀬緒も出て来た。

「待つのだ、瀬緒さん」

と、忠吾郎は瀬緒を寄子宿の路地に押し戻した。

実際、待つ以外にない。仁左も日常の羅宇屋に戻っている。事態が手の届かぬところで処理されるようになれば、隠れ徒目付とはいえ、もう傍観している以外ないのだ。

つぎに玄八が来たのは、赤羽橋での出来事《しゅたいじ》から五日目の朝だった。屋台は担いでいなかった。

忠吾郎が縁台に腰かけ、仁左が羅宇竹の音とともに寄子宿の路地から街道に出たところだった。

「あ、よかった。間に合いやした。おっとっと」

玄八は急ぎの大八車をうまくかわし、茶店の縁台に駈け寄った。

「きょう、旦那と仁左どんに、金杉橋に来てくだせえ、と大旦那が」

昼八ツ（およそ午後二時）浜久である。忠吾郎は緊張した表情でうなずき、仁左も、

「おう」

応じた。玄八は用件だけ告げると、お沙世が茶を淹《い》れるのも待たず、きびすを

返した。奉行所は忙しいようだ。

仁左が街道に踏み出すと、大きな風呂敷を背負った行商人の男が近づき、肩をならべると耳元に、

「お呼びだ、いますぐに」

仁左はうなずき、急ぐように金杉橋のほうへ向かった。きょうは忙しくなりそうだ。忠吾郎は縁台に座ったまま、無言でその背を見送った。脳裡には、このあとの仁左の行き先と姿が浮かんでいた。

そのとおりだった。このあと仁左は、大小を帯びた大東仁左衛門に戻り、江戸城本丸御殿の目付部屋にいた。目付の青山欽之庄と対座している。陽はまだ東の空である。

「ふふふ、さすがよのう。髷《まげ》まで町人髷から即座に小銀杏《こいちょう》に戻すとは。月代《さかやき》がちと広いようじゃが」

「恐れ入ります。これればかりは、急には生えませぬもので」

青山が頼もしげに言ったのへ仁左は返し、その顔を見つめた。用件はわかっている。この日を待っていたのだ。

青山の口は動いた。真剣な表情だった。

「いまこの時刻だ、竜ノ口の評定所にご老中、若年寄、大目付、勘定奉行、町奉行の面々がお集まりじゃ。むろん、浜松藩城主の水野忠邦公ものう」

「五手掛かりのご裁許《さいきょ》でございますか」

「さよう。おぬしがいずれかより見つけて来た直訴状のう、けっこうモノを言った、と大目付さまから聞かされた。したが、手証にはなり得ぬ。浜松藩の藩士が忠邦公を直訴し、それが柳営の手に渡ったというのなら話は別じゃがのう。そうなれば、忠邦公は弾劾《だんがい》され、切腹のうえお家取り潰しの材料にもなりかねぬわい。なれどそうなっておれば、その者、おそらく命はあるまい」

「…………」

「したが、おぬしらも、うまい手を考えたものじゃ。匿《かくも》うておいて行《ゆ》く方《かた》知れずとはのう。おそらく、おぬしがねぐらにしておる、相州屋の忠吾郎なる人物の差し金であろうが、よくやるのう」

「恐れ入りまする。で、ご裁許はいかに」

「急《せ》くな。忠邦公も大したお方だ。自分に届くはずの直訴状が評定所の手に落ちたとわかるなり、さっそく動かれた。留守居の大垣俊之助と城代の黒岩藤右衛門は即刻切腹。留守居は昨夜、中屋敷で腹を切った。国おもては早馬《はやうま》が着き次第というから、あすあたりかのう。よって、きょうの評定は老中直々《じきじき》というても、直訴状は忠邦公を弾劾したものではなく、江戸留守居役と国家老の悪事を暴《あば》いたものであったからのう。よって、監督不行き届きは免《まぬが》れんじゃろ。お気の毒に、飼い犬に手を噛まれたようなものだ。まあ、忠邦公ご自身も無類の策士ゆえ、この主君にしてこの家臣ありといったところじゃろ」

裁許は、いま審議中らしい。

仁左にとって関心のあるのは、浜松藩よりも菅野家の行方である。これまで仁左をはじめ相州屋の動きは、すべて菅野直次郎の所業に対するものだったのだ。騒ぎのとっかかりも札ノ辻の茶店だった。

「それよ。あやつもなんと言うか奇想天外な策士で、天下を騒がせたものよ」

と、青山欽之庄はあきれ顔で言った。

「菅野家にはすでに裁許は下されておる。私利私欲から世を騒がせた罪は大きいとして、家禄没収で家名断絶、身はいずれかの大名家へ永《なが》のお預けとなった。預け先が決まるまで、直次郎は閉門蟄居《ちっきょ》でのう。きのうからじゃが、これまでの奉公人がこぞって急ごしらえの座敷牢の番人になっておる」

青山はひと息入れ、

「この裁許には、源助なる中間を訊問《じんもん》した、北町奉行所の添書《そえがき》がモノを言うた。それによって菅野直次郎の企みが、ことごとく明らかになったのじゃからなあ。源助はすでに武家の奉公人にあらず。よって町奉行所が裁許するであろう。忠之どのが言っておいでじゃったが、こやつの訊問にも、相州屋の合力があったそうじゃのう。北町奉行所と相州屋はいったい、いかなる間柄なのじゃ」

「…………」

仁左は無言を通した。嘘をついているのではない。ただ、話す必要のないことを、話さないだけなのだ。

「ま、そなたが掌握《しょうあく》しているのならそれでよい。忠之どのに訊いても、なにもおっしゃらなんだゆえなあ。ところでだ」

「はっ」

話題が変わり、仁左は返した。

「浜松藩の井出七郎太なる若い藩士のう、もう藩には戻れまい。いまいずれにおるのか知らぬが、一度会《お》うてみたい。いやいや、こたびの騒動はきょうの裁許で落着じゃ。その者、おぬしの見立てはどうかの。おぬしや相州屋が命を賭《と》して合力したような御仁《ごじん》なら、いいのではないかと思うてな」

「はは、わからぬか。そなたのように、隠れ徒目付も務まるのではないかと思うてな。これなら、わしの裁量でできる。むろん、当人にその気があればだが。一度、打診してみてくれ。身近におるのじゃろ」

「ははっ」

思いがけない言葉に、つい仁左は肯是《こうぜ》の返事をしてしまった。

青山はそこを追及することなく、さらに言った。

「それにもう一人、おぬしらが救った腰元がいたのう。これまでの詮議に名さえ上がらなかった。放免じゃろ。救ったのなら、向後の面倒もみてやれ。どうやら全容解明に、その腰元の存在が大きかったようではないか。それに、その腰元だけじゃのうて、数日後には菅野屋敷の者はすべて行き場を失う。忠吾郎とやらの本業は、口入屋であったのう」

「ははーっ、さっそく相州屋へさように申しておきまする」

仁左はまたまた思いがけない言葉に、ひたいを畳にこすりつけた。

本丸御殿を出た仁左の足取りが軽かったのは、百人番所の前が長い下り坂になっているからだけではなかった。

ふたたび仁左が背に羅宇竹の音を立てたのは、すでに陽が中天を過ぎ、西の空にいくらか入った時分になっていた。約束の浜久に急がねばならない。

(おおう、きょうはもう)

つぶやいて足を速め、

「あら、羅宇屋さん。ちょいと裏にまわってくださいな」

「すまねえ。あしたまた来やすので。へえ、申しわけありやせん」

商家の前で声をかけられ、鄭重に腰を折り、さらに足を速めたのは、増上寺門前で浜松町《はままっちょう》あたりの街道筋だった。金杉橋は近い。このあたりの街道の人通りは札ノ辻よりなお多く、かつ華やかである。

金杉橋を渡る下駄の音や、大八車の車輪の響きが聞こえはじめたとき、

「おっ、あれは」

前方に、深編笠に着ながしの二本差と、遊び人姿で脇差一本の男が、いくらか急ぎ足になっているのが目に入った。

(そうか。俺が本丸の目付部屋にいたとき、大旦那は竜ノ口の評定所にいたことにならあ。染どんは奉行所で待っていて、この時分になってしまったかい)

思い、足を榊原忠之と染谷に合わせ、追いつくのを避けた。追いつけば、自分もいまお城のほうから来たことがわかってしまう。さいわい羅宇竹の音は、金杉橋の騒音で二人には聞こえていないようだ。

二人が橋を渡って浜久の暖簾をくぐり、ひと呼吸おいてから仁左も、

「へい、ご免なすって」

おなじ暖簾を吉原かぶりの頭で分けた。女将《おかみ》のお甲が迎えた。数日前の川の騒ぎは話題にならない。この客人たちがどの事件へ、いかように係り合っているかわからないからである。仲居や包丁人たちの耳目《じもく》もあり、めったなことは話せないのだ。

いつもの一番奥の部屋では、すこしさきに入った忠之と染谷が座に着いたところだった。玄八はさきに来ているのかと思ったが、来ていなかった。別の用で忙しいのだろう。

忠吾郎が一人、さきに来ており、

「なんでえ、おめえまで人を焦《じ》らすたあ珍しいじゃねえか。呉服橋からもいましがた、きょうは忙しかったゆえと聞いたばかりだがよ」

「へえ、申しわけありやせん。いつも贔屓くださるお武家で、ついつい商いが長

引いてしまいやして」

やはりこの顔触れでは、それぞれの身なりに合った言葉遣《づか》いになる。

「さっそくじゃが」

四人がそろったところで、きょうの招集人である忠之が切り出した。

「きょう午前、浜松藩水野家六万石の藩政への詮議があってのう。きっかけはほれ、いずれかよりお目付に持ちこまれた忠邦公への直訴状と、わが方で詮議した菅野家の源助なる中間の口書《くちがき》じゃった」

「で……？」

仁左はあぐら居のまま上体を前にかたむけた。評定はまだ途中までしか聞いていないのだ。

忠吾郎は凝っと忠之を見つめている。二人とも似たような達磨顔である。

忠之は淡々と語った。

「評定は、忠邦公からこたびの騒動の始末を聴聞《ちょうもん》する場となり、国おもてと江戸おもての重役の切腹と、その側近どもの処分で一件落着じゃ。古川に菅野家の駕籠が流れていた件も、水野家とは一切係り合いなしでのう。同座されたなかには、頭のおかしな旗本に難癖をつけられようとした水野家に、同情する声まであ

ておる」

「だから、言ったじゃろ。評定もなにもあるものか。忠邦公から事情の説明を受けただけじゃと。こたびもそなたが身を挺《てい》して動いてくれたこと、染谷から聞いておる」

　身を乗り出したまま仁左が問いを入れたのへ、忠之は応えた。

「それで、忠邦公へのご裁許は？」

ってのう……」

　染谷がかたわらでうなずきを見せた。

「ううっ」

　仁左はうめき、つぶやくように吐いた。

「俺たちゃ、水野の殿さんのために動いたんじゃねえですぜ」

　こんどは忠吾郎が無言のうなずきを見せた。

　ひと呼吸かふた呼吸ほどの沈黙がそこにながれ、ふたたび仁左が、

「ならば、菅野直次郎はこれからどうなりやすので？」

　これも詳しくはまだ聞いていない。

　忠之は言った。

「あの旗本め、とんでもない詐欺《さぎ》で身を立てようとしたものだ。いま門には竹矢《たけや》

来《らい》が組まれた自邸に押し込められ、屋敷ごと目付の監視下に置かれておる。ここ一両日には預け先の大名家が決まり、その領国に網をかけた囚人駕籠で護送されようよ。聞いた話によると、直次郎のやつ、すべてを失って呆《ほう》けているらしい。策の末が、この始末じゃ。憐れなものよ。預けられた大名家は、さらに迷惑なことじゃろ」

忠吾郎が低い声でつないだ。

「その大名家がもし、菅野屋敷に山吹《やまぶき》色の菓子折りを届けた藩なら、おそらくころあいをみて一服盛られ、〝病死〟と柳営に届けられることになるかのう」

この予測に、忠之は無言のうなずきを見せた。

仁左はしつこいほどに問いをつづけた。

「ならば、源助への裁許は……？　お調べは北町奉行所だったのでは」

「それか。白洲《しらす》は与力に任せてなあ。きょう午前じゃった。いまごろ小伝馬町の牢屋敷に戻されていることじゃろ。染谷……」

「はっ」

忠吾郎は語り、あとの説明を染谷にふった。染谷はとっさに武士言葉で応じ、伝法《でんぼう》な口調で語った。

「同心として、白洲に同座しやした。裁許は遠島《えんとう》でやしたが、妥当なところと思いまさあ。菅野家の裏も水野家との係り合いもすべて知っている男が、このさきも生きて行くには、ほとぼりの冷めるまで島に身を隠し、ご赦免《しやめん》の出る日を待つ以外ねえでやしょう。あやつめ、根っからの悪党じゃござんせん。目端《めはし》の利《き》く男で、ただ仕《つか》える相手を間違っただけでやしょう。御赦免で戻って来りゃあ、玄八と一緒に、俺の岡っ引にと思うておりやす」

この言葉に忠之はうなずきを見せ、忠次こと忠吾郎に視線を向けた。

ゆっくりとした口調で言った。

「おまえ、まだなにか言いたそうな顔じゃなあ」

忠次こと忠吾郎は応じた。

「ふふふ、兄者《あにじゃ》。こたびの騒ぎで裁きとうなるのは、あんな吝《けち》な詐欺を思いつく旗本がいて、そこに踊らされる大名家がいるってえいう、そんな世の仕組じゃござんせんかい。それにしても水野の殿さん、こたびの火の粉《こ》をうまくかわしなすったもんで。感心しやすぜ」

「そこを突くでない。それが現在《いま》の世の仕組じゃ。おっと、儂《わし》までおまえの口車に乗ってしもうたわい。ともかくじゃ、きょうはさきほどのことをそなたらへまっさきに知らせておかねばと思うたまで。余計な話などするつもりはないわ、あははは。さあ、染谷。帰るぞ」

「はっ」

染谷は武家言葉で応え、忠之とともに腰を上げた。


きょうは深編笠の浪人と遊び人がさきに浜久の暖簾を出て、街道を北に向かった。金杉橋を渡った雑踏のなかで、深編笠の忠之が言った。

「仁左め、きょう五手掛かりの評定があったことを、事前に知っておったようじゃのう」

「はっ。私も、そう感じました。その結果とお白洲は知らなかったようで」

染谷は応え、忠之はつづけた。

「やつめ、まだ素性を伏せておるとは、儂らとときおり会《お》うていることも、相州屋と儂との間柄も、目付の青山どのには話しておらぬということになるなあ」

「そうみて間違いないかと」

「ふふふ、やつめ。上司である目付の青山どのをも手玉に取っておるか。なかなかの隠れ徒目付よ。したが、そのうち話してくれるじゃろ」

「おそらく」

と、二人の足は浜松町の街道をゆっくりと踏んでいた。

ひと呼吸おき、忠吾郎と仁左も暖簾を街道に出て、歩を南へとった。商家の旦那に、贔屓にしてもらっている羅宇屋が随《したが》っているように見える。

二人はゆっくりと歩を踏み、仁左が背の羅宇竹の音に合わせ、

「瀬緒さんもそうでやすが……」

と、この機会を待っていたかのように口を開いた。

「あと数日もすりゃあ、菅野屋敷から中間やお女中衆など、幾人か路頭に迷う者が出やしょう。放っておいて、よござんすかい」

本丸御殿の目付部屋で、青山欽之庄に依頼された件である。

忠吾郎は前を向き、歩を踏みながら言った。

「ふふふ、仁左どんよ。おめえ、まだわしがなんで人宿の看板を、あそこに掲げているかわかっちゃいねえようだなあ」

「はあ?」

「呉服橋に頼まれ、裏走りなんざするためじゃねえぜ」

「路頭に迷う者がおれば、それだけ相州屋は繁盛すらあ。それが人助けにもなるってな。わしが朝な夕な、お沙世の茶店の縁台に陣取っているのは、そのためだってことがよう。それが相州屋の本業だってことがわからねえかい。影走りは、そんななかでの成り行きだってことよ」

「…………」

「あ、そのとおりで。へえ、まったく」

仁左があらためて得心したように返し、忠吾郎はつづけた。

二人を急ぎの大八車が、土ぼこりを上げ追い越して行った。前方からは町駕籠が走って来る。

「あしたにでも、番頭の正之助を番町へやらせようよ。おめえもあの近辺をながし、合力してやんねえ。閉門になった屋敷のようすをみるためだ。口入れ稼業の話はそれからだ」

「へえ、心得やしたでございやす」

返し、さらに仁左は、

「そうそう、きょう行った最屓筋のお武家でやすが。そこはけっこうな家柄で間《ま》違《ちげ》えのねえことは、あっしが太鼓判を捺《お》しまさあ。どこかに気の利いた若党になりそうな若侍はおらぬか、と声をかけられやして……」

「ふむ。おめえは羅宇屋であちこちに出入りしているからなあ。それで？」

忠吾郎は歩を進めながら、横目で仁左の表情をちらと見た。

仁左は伝法な言いようを崩さず、

「そのときでやす。脳裡に井出七郎太さんの顔が浮かびやして」

「ほう。ほうほう」

忠吾郎の得心したようなうなずきには、早くも期待が込められていた。もちろん〝けっこうな家柄〟が柳営の目付であり、〝気の利いた若党〟というのが、仁左とおなじ隠れ徒目付か、おもての徒目付かはわからないが、その役務であることを見抜いている。

あと二人は無口になり、歩は田町に入った。足の動きがいくらか速まったようだ。羅宇竹の音が大きくなった。

文政三年（一八二〇）の如月《きさらぎ》（二月）も中旬に近づけば、朝夕に感じていた冬の名残りも、今宵には消えていようか。

闇奉行　出世亡者

一〇〇字書評

切・り・取・り・線

| **購買動機**（新聞、雑誌名を記入するか、あるいは○をつけてください） | |
|---|---|
| □（　　　　　　　　　　　）の広告を見て | |
| □（　　　　　　　　　　　）の書評を見て | |
| □ 知人のすすめで | □ タイトルに惹かれて |
| □ カバーが良かったから | □ 内容が面白そうだから |
| □ 好きな作家だから | □ 好きな分野の本だから |

・最近、最も感銘を受けた作品名をお書き下さい

・あなたのお好きな作家名をお書き下さい

・その他、ご要望がありましたらお書き下さい

| 住所 | 〒 | | | | |
|---|---|---|---|---|---|
| 氏名 | | 職業 | | 年齢 | |
| Eメール | ※携帯には配信できません | 新刊情報等のメール配信を 希望する・しない | | | |

この本の感想を、編集部までお寄せいただけたらありがたく存じます。今後の企画の参考にさせていただきます。Eメールでも結構です。

いただいた「一〇〇字書評」は、新聞・雑誌等に紹介させていただくことがあります。その場合はお礼として特製図書カードを差し上げます。

前ページの原稿用紙に書評をお書きの上、切り取り、左記までお送り下さい。宛先の住所は不要です。

なお、ご記入いただいたお名前、ご住所等は、書評紹介の事前了解、謝礼のお届けのためだけに利用し、そのほかの目的のために利用することはありません。

〒一〇一－八七〇一
祥伝社文庫編集長　坂口芳和
電話　〇三（三二六五）二〇八〇

祥伝社ホームページの「ブックレビュー」からも、書き込めます。
http://www.shodensha.co.jp/bookreview/

祥伝社文庫

闇《やみ》奉行《ぶぎよう》　出世《しゆつせ》亡者《もうじや》

平成30年10月20日　初版第1刷発行

著　者　喜安幸夫《きやすゆきお》
発行者　辻　浩明
発行所　祥伝社《しようでんしや》
東京都千代田区神田神保町3-3
〒101-8701
電話　03（3265）2081（販売部）
電話　03（3265）2080（編集部）
電話　03（3265）3622（業務部）
http://www.shodensha.co.jp/

印刷所　萩原印刷
製本所　ナショナル製本
カバーフォーマットデザイン　中原達治



Printed in Japan ©2018, Yukio Kiyasu　ISBN978-4-396-34467-2 C0193

# 祥伝社文庫の好評既刊

喜安幸夫

## 闇奉行 影走り

人宿「相州《そうしゅう》屋《や》」の主《あるじ》・忠吾郎《ちゅうごろう》は奉行の弟。人宿に集う連中を率い、お上に代わって悪を断つ！

喜安幸夫

## 闇奉行 娘攫《さら》い

江戸で、美しい娘ばかりが次々と消えた。奉行所も手出しできない黒幕に「相州屋」の面々が立ち向かう！

喜安幸夫

## 闇奉行 凶賊始末

予見しながら防げなかった惨劇《さんげき》……。非道な一味に、反撃の狼煙《のろし》を上げる「相州屋」。一《いち》か八《ばち》かの罠を仕掛ける！

喜安幸夫

## 闇奉行 黒霧裁き

職を求める若者を陥《おとし》れる悪徳人宿の手口とは？ 仲間の仇討ちを誓う者たちが結集！ 必殺の布陣を張る！

喜安幸夫

## 闇奉行 燻《いぶ》り出し仇《かたき》討ち

幼い娘が殺された。武家の理不尽な振る舞いの真相を探るため「相州屋」の面々が旗本屋敷に潜入する！

喜安幸夫

## 闇奉行 化狐《ばけぎつね》に告ぐ

重い年貢と雁字搦《がんじがら》めの厳しい規則に苦しむ農民を救え！ 残虐で過酷な暴政に「闇走り」が立ち上がる。

# 祥伝社文庫の好評既刊

喜安幸夫　闇奉行 押込み葬儀

八百屋の婆さんが消えた！　善良な民への悪行《あくぎょう》、許すまじ。奉行に代わって「相州屋」が悪をぶった切る！

喜安幸夫　隠密家族

薄幸の若君を守れ！　紀州徳川家のご落胤《らくいん》をめぐり、陰陽師の刺客と紀州藩薬込役《やくごめ》の家族との熾烈《しれつ》な闘い！

喜安幸夫　隠密家族 くノ一初陣《ういじん》

世間を驚愕《きょうがく》させた大事件の陰で、一林斎の一人娘・佳奈《かな》に与えられた任務――初めての忍びの戦いに挑む！

喜安幸夫　隠密家族 日坂《にっさか》決戦

東海道に迫る上杉家の忍び集団「伏嗅《ふしかぎ》組」の攻勢。霧生院一林斎たち親子は、参勤交代の若君をいかに守る？

喜安幸夫　隠密家族 御落胤《ごらくいん》

兄・吉宗の誘いを断り、鍼灸療治処を続ける道を選んだ佳奈。そんな中、吉宗の御落胤を名乗る男が出没し……。

喜安幸夫　出帆《しゅっぱん》 忍び家族

戦国の世に憧れ、抜忍《ぬけにん》となった太郎《たろう》左《ざ》・次郎左《じろうざ》。豊臣の再興を志す国松《くにまつ》と幕府の目の届かぬ大宛《たいわん》（台湾）へ！